三島由紀夫かく語りき

［元楯の會一期生］
篠原 裕 編著

展転社

「男の最高のお洒落は軍服である」――三島由紀夫（「平凡パンチ」昭和43年11月11日号）、上段右上編著者。犬塚潔氏提供。

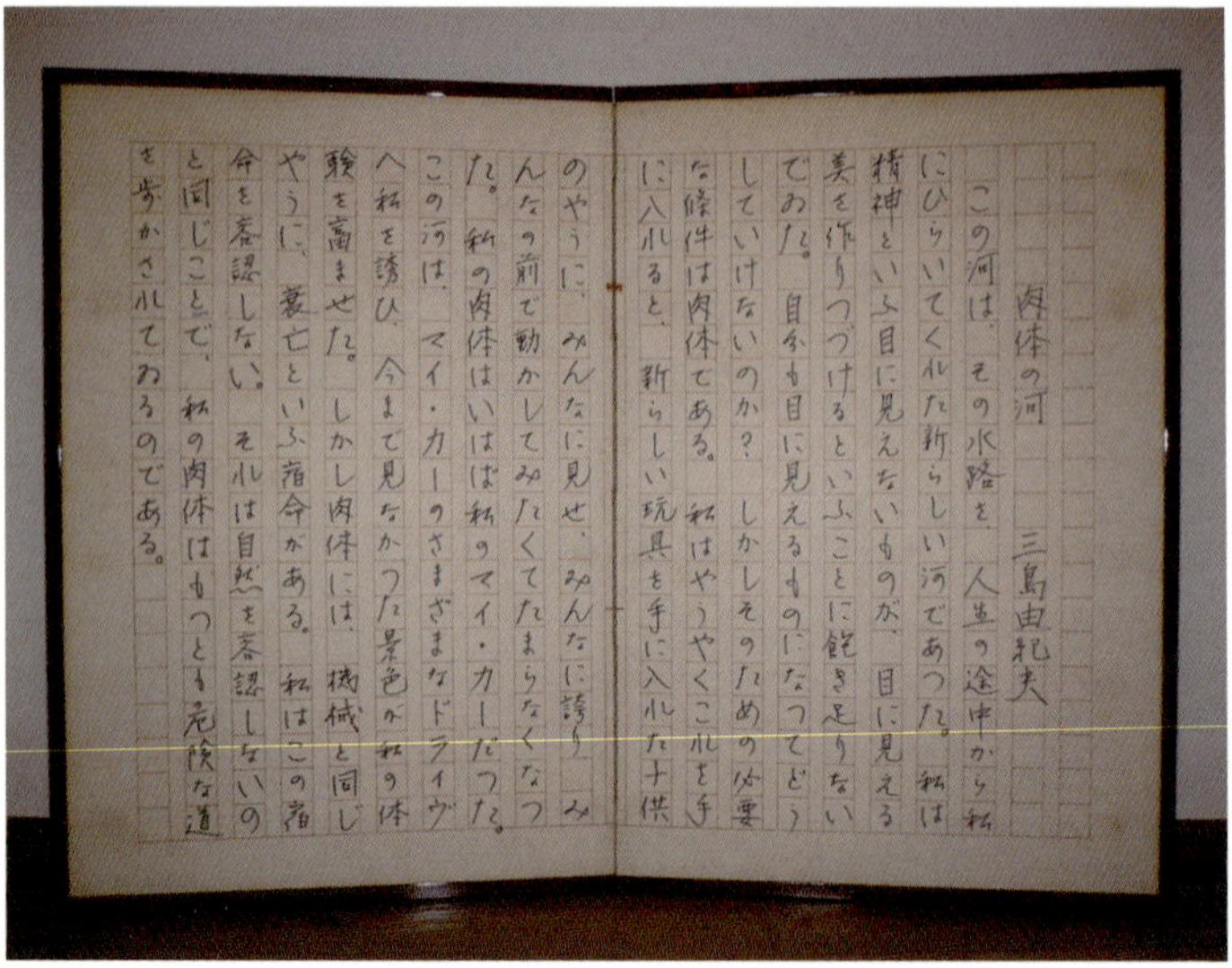

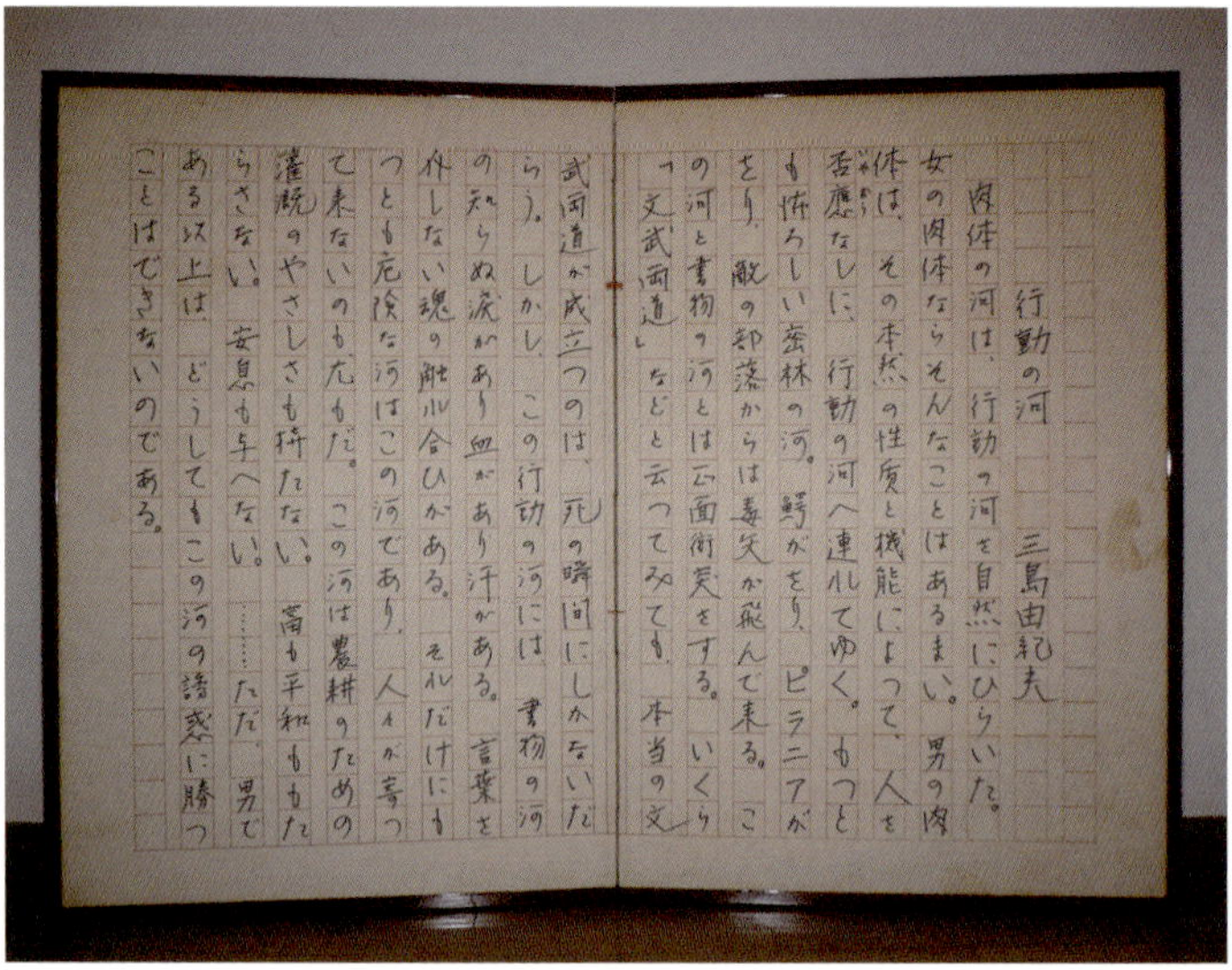

「肉体の河」と「行動の河」（四つの河のうち）——三島由紀夫展（昭和45年11月東武デパート）より。個人所蔵。

目次

三島由紀夫語録

——本文の敬称は略させていただきます——

三島由紀夫語録

其の一「文化防衛論」

（1）

私たちしきしま会の基本的理念は「日本の歴史・文化・伝統を守ること」であります。では一体守るべき「日本の歴史・文化・伝統」とは何か。三島由紀夫は「文化防衛論」（昭和四四年四月、全集三三）の中で日本文化の特徴を次の様に述べています。

日本文化の国民的特質

〈第一に、文化は、ものとしての帰結を持つにしても、その生きた態様においては、ものではなく、又、発現以前の無形の国民精神でもなく、一つの形（フォルム）であり、国民精神が透かし見られる一種透明な結晶体であり、いかに混濁した形をとらうとも、それがすでに「形」において魂を透かす程度の透明度を得たものであると考へられ、従つて、いはゆる芸術作品のみでなく、行動及び行動様式をも包含する。文化とは、能の一つの型から、月明の夜ニューギニアの海上に浮上した人間魚雷から日本刀をふりかざして躍り出て戦死した一海軍士官の行動をも包括し、又、特攻隊の幾多の遺書をも包含する。源氏物語から現代小説まで、万葉集から前衛短歌まで、中尊寺の仏像から現代彫刻まで、華道、茶道から、剣道、柔道まで、のみならず、歌舞伎からヤクザのチャンバラ映画まで、禅から軍隊の作法まで、すべて「菊と刀」の双方を包摂する、日本的なものの透かし見られるフォルムを斥す。文学は、日本語の使用において、フォルムとしての日本文化を形成する重要な部分である。……

第二に、日本文化は、本来オリジナルとコピーの弁別を持たぬことである。西欧ではものとしての文化は主として石で作られてゐるが、日本のそれは木で作られてゐる。オリジナルの破壊は二度とよみがへらぬ最終的破壊であり、ものとしての文化はここに廃絶するから、パリはそのやうにして敵に明け渡された。……

このもつとも端的な例を伊勢神宮の造営に見ることが出来る。持統帝以来五十九回に亙る二十年毎の式年造営は、いつも新たに建てられた伊勢神宮がオリジナルなのであつて、オリジナルはその時点においてコピーにオリジナルの生命を託して滅びてゆき、コピー自体がオリジナルになるのである。……

このやうな文化概念の特質は、各代の天皇が、正に天皇その方であつて、天照大神とオリジナルとコピーの関係にはないところの天皇制の特質と見合つてゐるが、これについては後に詳述する。

第三に、かくして創り出される日本文化は、創り出す主体の側からいへば、自由な創造的主体であつて、型の伝承自体、この源泉的な創造的主体の活動を振起するものである。これが、作品だけではなく、行為と生命を包含した文化概念の根底にあるもので、国民的な自由な創造的主体といふ源泉との間がどこかで絶たれれば、文化的な枯渇が起るのは当然であつて、文化の生命の連続性（その全的な容認）といふ本質は、弁証法的発展乃至進歩の概念とは矛盾する。なぜならその創造主体は、歴史的条件の制約をのりこえて、時に身をひそめ、時に激発して（偶然にのこされた作品の羅列による文化史ではなくて）、国民精神の一貫した統一的な文化史を形成する筈だからである。

国民文化の三特質

以上を要約すると、日本人にとつての日本文化は次のやうな三つの特質を有することになるが、これはフランス人にとつてのフランス文化も、同種の特質を有すると考へてよからう。すなはち国民文化の**再帰性**と**全体性**と**主体性**である。〉

（２）

三島は次に「われわれは何を守るか」と問い、次のように語っている。

〈日本は太古以来一民族であり、一文化伝統をもつてきてゐる。従つて、守るべきものは日本といふものの特質で、それを失へば、日本が日本でなくなるといふものを守るといふ以外にないと思ふ。

……

ところが陛下に忠誠を尽くすことが、民主主義を裏切り、われわれ国民が主権をもってゐる国家を裏切るのだといふ左翼的な考への人が多い。しかし天皇は日本の象徴であり、われわれ日本人の歴史、太古から連続してきてゐる文化の象徴である。……日本文化の歴史性、統一性、全体性の象徴であり、体現者であられるのが天皇なのである。日本文化を守ることは、天皇を守ることに帰着するのである……〉

（「栄誉の絆でつなげ菊と刀」昭和四三年九月、全集補一）

と語っています。逆に言えば、天皇を守ることが、日本の歴史・文化・伝統を守るということになります。それでは、何からどうやって天皇を守るのか。

三島は、コミュニズムの嵐が世界中にふき荒れた一九六〇年代に考えました。

そして、間接侵略によりあるいはその影響により容共政権が誕生し、共産主義と行政権が連結せしめられたとき、日本の文化そしてその象徴である天皇は彼らの都合のいいように利用され、悠久の日本の歴史・文化・伝統は必然的に滅びにさらされるであろう、との結論に達しました。

「反革命宣言」（昭和四四年二月、全集三四）で次のように述べます。

〈なぜわれわれは共産主義に反対するか？

第一にそれは、われわれの国体、すなはち文化・歴史・伝統と絶対に相容れず、論理的に天皇の御存在と相容れないからであり、しかも天皇は、われわれの歴史的連続性・文化的統一性・民族的同一性の、他にかけがへのない唯一の象徴だからである。……

われわれは天皇の真姿を開顕するために、現代日本の代議制民主主義がその長所とする言論の自由をよしとするものである。……

言論の自由を保障する政体として、現在、われわれは複数政党制による議会主義的民主主義より以上のものを持つてゐない。

この「妥協」を旨とする純技術的政治制度は、理想主義と指導者を欠く欠点を有するが、言論の自由を守るには最適であり、これのみが、言論統制・秘密警察・強制収容所を必然的に随伴する全体主義に対抗しうるからである。従つて、第二に、われわれは、言論の自由を守るために共産主義に反対する。われわれは日本共産党の民族主義的仮面、すなはち、日本的方式による世界最初の、言論自由を保障する人間主義的社会主義といふ幻影を破砕するであらう。この政治体制上の実験は、（もしそれが言葉どほりに行はれるとしても）、成功すれば忽ち一党独裁の恐るべき本質をあらはすことは明らかだからである。〉

すなわち論理的に、敵は共産主義である、と規定したのです。

（3）

その後ソヴィエト連邦の解体、中国の「国家資本主義」への変質等があって、一応共産主義の危険は去ったように思われます。しかし、中国は共産主義と資本主義の二つの仮面をかぶった全体主義国家であることに違いはありません。また、日本共産党の本質は変わらず、最近民進党に接近（どちらから接近したかわからないが）選挙協力を行うなど着々と勢力の拡大を図っています。民進党（旧民主党）への信頼は地に墜ちたとはいえ（尤ももともとあったとは思えないが）、数年前には政権を握った実績があります。「ふわっとした民意」により将来はどのような事態が生じるかわかりません。ふたたび民進党が第一党になったその時、共産党と連携をしていれば［民主連合政府（＝容共政権)」の誕生となる可能性が強く、共産党は革命の第一段階としてそれを狙っていることは明白です。多くのマスコミ、ジャーナリスト、文化人など左翼陣営は容共政権の誕生にむけて執拗かつ露骨な「反日」活動を続けており、おそらく今後もこのような状況が続くものと思われます。

三島が危惧し世に問うた問題は、半世紀を経た今でも依然今日的問題であります。

三島由紀夫は、昭和四十五年十一月二十五日、楯の会学生長の森田必勝と共に、自衛隊市ヶ谷駐屯地で憲法改正を訴え、天皇陛下万歳と叫んで自刃しました。ノーベル文学賞の有力候補として毎年のようにノミネートされた三島は、その四十五年の生涯で、一九三篇の小説、六二編の戯曲(能、歌舞伎を含む)、一二八四編の評論(随筆、対談等を含む)という、原稿用紙にすれば四万枚をゆうに超える膨大な作品を残していきました。(数字はいずれも「限定版三島由紀夫全集」昭和五〇年一月〜五一年六月、新潮社。[以降「全集」という」による)

三島文学の中心である小説、戯曲はすでに多くが人口に膾炙しております。三島語録では、主としてあまり知られていない評論——実に多岐にわたります——のなかからテーマを設定し、三島の残した言葉を拾い上げ、思索と行動のあとをたどり、私たち日本人に訴え残していったものは何だったのかを探ってみたいと思います。しばらくお付き合いを頂ければ幸いです。

(平成二八年七月二五日)

其の二「水戸の血」

（1）

一九六〇年代は、世界中にコミュニズムの嵐が吹き荒れた時代でした。一九六八年のパリ五月革命は、「先進工業国における共産革命の成立の可能性を示唆」（「自由と権力の状況」昭和四三年一一月、全集三三）する事件でありました。日本も例外ではなく、大学を中心に革マル、民青、三派全学連等が連日激しい闘争を繰り広げました。このような事態に危機感を持った三島由紀夫は、昭和四十二年には一人自衛隊に入り訓練を受け、間接侵略に備えるべく民間防衛組織を構想、翌四十三年三月には、同様に危機感を持った持丸博（前しきしま会事務局長、故人）を中心に早稲田大学の学生ら二十名（のち楯の会一期生となる）を引率、再び自衛隊で訓練を受け、同年十月には「楯の会」を立ち上げたのでした。

かかる状況の下、三島は、四十三年九月には一橋大学、十月には早稲田大学、十一月には茨城大学でそして翌年五月には東大全共闘とのティーチ・インを試み、学生と論戦を繰り広げました。早稲田大学での主催者は「尚史会」で、その司会を行ったのは幹事長の金子弘道（しきしま会会員で現帝京大学教授）です。同氏は楯の会の一期生で「楯の会」の名前の提案者でもあります。その時の録音はＣＤとなり、現在「三島由紀夫・学生との対話」として新潮社より出版されている。

（2）

さて、茨城大学でのティーチ・インでの問題提起の中で、冒頭、

〈私は水戸へ伺ったのは初めてなんですが、私の血の中には水戸の血が多少流れております。祖母のほうから細々ながら……。しかし、祖母がいつも申しましたのには「お前は水戸の血が流れているから、人にすぐ皮肉屋だとか偏屈だとか言われるだろうが、気にしないほうがいいよ。これはもう宿命で仕方ない」といわれておりました。そして今日ここへ参りまして、皆さんの批判の嵐の前に立つ気になってきたのも、やはり水戸の血のなせるわざであります。……私のような水戸の血を引いている人間は、くさいなと思う。〉（傍点三島・文化防衛論）

と、「水戸の血」を四度繰り返し強調しました。

一体、三島由紀夫の「水戸の血」とは何か？　水戸生まれの編者の長い間の疑問でした。昨年一念発起、四十年の間本棚で埃をかぶっていた全集を引っ張り出し通読中『好色（全集二）』を読んで瞠目しました。そこには、

〈お祖母さん子の公威（編者註・きみたけ。三島由紀夫の本名）は、永わづらひの祖母の離

れの病室で、おとなしく書物を読んだり女の子のやうにおはじきをしたりして遊んでゐることが多かつた。そんな場面へ、何の前ぶれもなしに、魔術師のやうに頼安が登場するのだ。……召使が頼安の来訪をつげる。「そら上野の伯父さまだよ」と祖母は看護婦の手を借りて床の上に坐り直す。公威は、それが癖で、よみかけた童話集の頁にビスケットをはさんでそつと閉ぢておく。早くも障子の向うにバタ〱といふ足音が畳廊下を迫つてくる。障子があく。まづ大きな大きな鼻があらはれる。つづいて葵の紋付袴の老人があらはれる。祖母をみるやいなや、次のやうな叫びと一緒に、殆んど抱きつかんばかりに病床の傍らへ崩折れる。

「おお、お夏！　お夏！」

夏子が祖母の名前であつたが、その祖母に頼安は三月《みつき》と逢つてゐないわけはないのに、まるで三十年ぶりの親子の対面のやうな感激的場面を、そのたんびに演じなければ気がすまぬのである。この冷静な年老いた姪も仕方なく、うるさゝうに調子を合はせるのだつた。

「伯父さまも御達者で、まあ何よりで」

「おお、お夏や、お夏」

……

松平頼安子爵は公威の祖母の母の兄に当つてゐた。水戸の徳川家の流れで、代々《だいだい》、水戸市に程近い宍戸の藩主であつた。自分のどこかに水戸の人らしい皮肉屋の血が流れてゐるのを、公威は時々感じることがある。頼安の父の松平主税頭《ちからのかみ》は、水戸烈公と従兄弟同志だつた。主税には四人の子があつた。長男がのちの松平大炊頭《おほひのかみ》、次男が頼安、三男が福島県森戸《ママ》（編者註・守山）の藩主になつた美男で名高い頼平、長女が公威の曾祖母高子――高姫とよばれてゐた――だつた。維新史にすこし通暁した者は筑波騒動といふ小事件を聞いたことがあるにちがひない。水戸家にとつては幸運なやうな不幸なやうな、名誉のやうな不名誉のやうな、くすぐつたい事件だつた。竹田《ママ》耕雲斎が幕府に叛旗をひるがへしてつまり（錦の御旗をひるがへして）失敗し打首になつたのが史上の筑波騒動であるが、……時代感覚の鋭い松平大炊頭は、水戸家の親戚でもあるところから、水戸家の将来を思つて、身を犠牲にしてわざと耕雲斎と共に旗をあげた。水戸が他藩に先んじて勤王の旗をあげたことになつたわけだ。騒動の結果、大炊頭は責を負うて家来七十人と共に切腹したが、さて明治維新が成功してみると、大炊頭が引いておいた勤王の伏線のおかげで、水戸藩は救はれたのである（編者註・高田馬場にある同家菩提寺の亮朝院には、「贈従三位大炊頭松平頼徳卿記念碑」が建っており、裏面には六十二名の殉難者の名が刻まれている。なお、頼徳は、水戸家の墓所である瑞竜山に葬られている。）水戸の徳川家は之を大いに多として、次代の藩主、後の子爵、松平頼安の生涯の面倒を見た。……頼安の妹の高姫は美しくて豪毅な女性だつた。……彼女は十六歳の時に、公威の曽祖父、祖母の父、永井岩之丞（編者註・幕末に活躍した旗本永井玄蕃頭尚志の養子）の後妻として嫁したのだつた。〉

と書かれていたのです。

（3）

「水戸の血」とは、「水戸徳川家の血」だったのです！　しかも、比較的身近かな先祖が幕末の動乱に巻き込まれて切腹をしている。

頼安は昭和十五年に没している（祖母夏子はその前年に没）。つまり公威は、十四、五歳まで必然的に度々頼安に接していたものと思われ、その経験を元に小説にしたのが「好色」、三島由紀夫二十三歳の時の作品である。三島は文中わざわざ〈作者はこの小説でいかに些細なアネクドート（編者註・逸話）といへども公威が伝聞したこと以外には一切想像にたよらぬことにしてゐる〉と記しているように登場人物もすべて実名の伝記的作品つまり評伝である。三島研究家の一人である小林和子（茨城女子短期大学教授）は、「三島由紀夫「好色」「怪物」試論（茨城女子短期大学紀要）」のなかで、三島が書いていることはだいたいにおいて事実に近いことがわかった、と言っている。

三島は、身内については「好色」以外の作品の中で何カ所かほんの少し書いているだけで「水戸の血」については一切ふれていない。しかし、事件一月前に出版された「三島由紀夫対談集——源泉の感情あとがき」（全集三四）では、

〈私の一族はおしやべりの一族であつた。沈黙は金《きん》といふけれども、金はいつも私に焦燥を与へた。男は寡黙が一番といふけれども、喋りたい時に黙つてゐてまで男らしく見せることは真平だつた。私の一族と云つても、十二人兄弟の祖母の一族が圧倒的勢力を振つてゐるときに幼年期をすごし、江戸の旗本伝来の伝法な口のきき方から、御大層な恐惶謹言の演技まで悉く身につけ、その上、「水戸ッぽ」も皮肉を学び、明治風の誇張したレトリックを習つた。〉（傍点編者）

と書いている。

また、最後の作品である「豊饒の海・第四巻、天人五衰」（昭和四五年一一月、全集一九）のなかで、

〈……先憂後楽からその名を採つた水戸光圀の邸跡の後楽園の門前に立つた。〉

などと書かれていることから、最後まで「水戸の血」を意識していたものと思われる。（傍点編者）

※

余談ではありますが、編者は昭和五十年から五十五年まで水戸徳川家職として第十四代当主（当

時）圀齊氏の秘書をつとめたことから、頼安の後を継いで宍戸松平家の養子となった圀齊氏の弟の圀秀氏に度々お目にかかりました。なお、近年長男が亮朝院のすぐ隣に居を構え、因縁浅からぬものを感じている次第です。

（平成二八年八月五日）

其の三「果たし得てゐない約束」——私の中の二十五年

（1）

三島由紀夫研究家の犬塚潔（形成外科医）によれば、没後に出版された三島由紀夫論は関連本を含めると七百冊を超える、未刊行の文献を入れると星の数ほどあるだろうということです。

平成二十七年は没後四十五年生誕九十年という節目の年でもあり、命日の十一月二十五日以降現在まで『ミシマの警告』（講談社）など数冊が刊行されている。三島の生前を知らない人や没後に生まれた多くの若い人たちが三島を研究し論文を書いており、その勢いは衰えそうもない。

三島の残した言葉は、半世紀を閲する現代においても刺激的でますます輝きを増している。今なお多くの人を引き付けるその魅力の源泉はなにか？

それは三島が、「天才としての素質の持ち主であり、内外の古典的作品に広く通暁しているその学識、さまざまの哲学や宗教思想の核心を容易につかんでそれを消化してしまう理解力」（元東京大学学長林健太郎）と、それらの膨大な知識に基づく深い人間性への洞察力、又、時代を見通す鋭い眼と知行合一の思想に基づくたぐいまれな行動力の持ち主であったこと、にあるのではないだろうか。

（2）

その「鋭い眼」は、現代に「予言者としての三島由紀夫」を甦らせる。
もっとも有名なものは、昭和四十五年七月七日のサンケイ新聞に掲載された「日本社会に対する縁切り状」（「三島由紀夫の世界」村松剛、新潮社）とでもいうべき「私の中の二十五年」（全集三四）である。

〈私の中の二十五年を考へると、その空虚に今さらびつくりする。私はほとんど「生きた」とはいへない。鼻をつまみながら通りすぎたのだ。

二十五年前に私が憎んだものは、多少形を変へはしたが、今もあひかはらずしぶとく生き永らへてゐる。生き永らへてゐるどころか、おどろくべき繁殖力で日本中に完全に浸透してしまつた。それは戦後民主主義とそこから生ずる偽善といふおそるべきバチルス（編者註・細菌）である。

こんな偽善と詐術は、アメリカの占領と共に終はるだらう、と考へてゐた私はずいぶん甘かつた。おどろくべきことには、日本人は自ら進んで、それを自分の体質とすることを選んだのである。政治も、経済も、社会も、文化ですら。……

この二十五年間、認識は私に不幸をしかもたらさなかつた。私の幸福はすべて別の源泉から汲まれたものである。

　なるほど私は小説を書きつづけてきた。戯曲もたくさん書いた。しかし作品をいくら積み重ねても、作者にとつては、排泄物を積み重ねたのと同じことである。その結果賢明になることは断じてない。さうかと云つて、美しいほど愚かになれるわけではない。

　この二十五年間、思想的節操を保つたという自負は多少あるけれども、そのこと自体は大して自慢にならない。思想的節操を保つたために投獄されたこともなければ大怪我をしたこともないからである。又、一面から見れば、思想的に変節しないといふことは、幾分鈍感な意固地な頭の証明にこそなれ、鋭敏、柔軟な感受性の証明にはならぬであらう。つきつめてみれば、「男の意地」といふことを多く出ないのである。それはそれでいいと内心思つてはゐるけれども。

　それよりも気にかかるのは、私が果たして「約束」を果たして来たか、といふことである。否定により、批判により、私は何事かを約束して来た筈だ。政治家ではないから実際的利益を与へて約束を果たすわけではないが、政治家の与へうるよりも、もつともつと大きな、もつともつと重要な約束を、私はまだ果たしてゐないといふ思ひに日夜責められるのである。その約束を果たすためなら、文学なんかどうでもいい、といふ考えが時折頭をかすめる。これも「男の意地」であらうが、それほど否定してきた戦後民主主義の時代二十五年間を、否定しながらそこから利得を得、のうのうと暮らして来たといふことは、私の久しい心の傷になつてゐる。

個人的な問題に戻ると、この二十五年間、私のやつてきたことは、ずいぶん奇矯な企てであつた。まだそれはほとんど十分に理解されてゐない。もともと理解を求めてはじめたことではないから、それはそれでいいが、私は何とか、私の肉体と精神を等価のものとすることによつて、その実践によつて、文学に対する近代主義的妄信を根底から破壊してやらうと思つて来たのである。

肉体のはかなさと文学の強靭との、又、文学のほのかさと肉体の剛毅との、極度のコントラストと無理強ひの結合とは、私のむかしからの夢であり、これは多分ヨーロッパのどんな作家もかつて企てなかつたことであり、もしそれが完全に成就されれば、作る者と作られる者の一致、ボードレエル流にいへば、「死刑囚たり且つ死刑執行人」たることが可能になるのだ。作るものと作られる者との乖離に、芸術家の孤独と倒錯した矜持を発見したときに、近代がはじまったのではなからうか。私のこの「近代」といふ意味は、古代についても妥当するのであり、「万葉集」でいへば大伴家持、ギリシャ悲劇でいへばエウリピデスが、すでにこの種の「近代」を代表してゐるのである。

私はこの二十五年間に多くの友を得、多くの友を失つた。原因はすべて私のわがままに拠る。私には寛厚といふ徳が欠けてをり、果ては上田秋成や平賀源内のやうになるのがオチであらう。自分では十分俗悪で、山気もありすぎるほどあるのに、どうして「俗に遊ぶ」といふ境地になれないものか、われとわが心を疑つてゐる。私は人生をほとんど愛さない。いつも風車を相手に戦つてゐるのが、一体、人生を愛するといふことであるかどうか。

二十五年間に希望を一つ一つ失つて、もはや行き着く先が見えてしまつたやうな今日では、その幾多の希望がいかに空疎で、いかに俗悪で、しかも希望に要したエネルギーがいかに厖大であつたかに唖然とする。これだけのエネルギーを絶望に使つてゐたら、もう少しどうにかなつてゐたのではないか。

私はこれからの日本に大して希望をつなぐことができない。このまま行つたら、「日本」はなくなつてしまふのではないかといふ感を日ましに深くする。日本はなくなつて、その代はりに、無機的な、からつぽな、ニュートラルな、中間色の、富裕な、抜目がない、ある経済的大国が極東の一角に残るのであらう。それでもいいと思つてゐる人たちと、私は口をきく気にもなれなくなつてゐるのである。〉

（「私の中の二十五年」、全集三四）

〈……それで世界中が、すくなくとも資本主義国では全部が同じ問題をかかへ、言語こそ違へ、まつたく同じ精神、同じ生活感情の中でやつていくことになるんでせうね。さういふ時代が来たつて、それはよいですよ。こつちは、もう最後の人間なんだから、どうしやうもない。〉

（「最後の言葉」昭和四五年一一月、全集補一）

その後の日本は、「バチルス」に覆われ、三島の予言通り「グローバリズム」に席巻され、日本の真姿ははるかにかすみ、わずかに天皇の御存在のみが辛うじて日本の姿を保っているにすぎない。政治家は党利党略、マスコミ・知識人は保身に追われ、失われた日本の誇りの回復には一顧だにせず、尖閣の海はほしいままに蹂躙されても手も足も出せないありさまである。

三島は、〈「道義的革命」の論理――磯部一等主計の遺稿について〉（昭和四二年七月、全集三二）のなかで、（二・二六事件の軍事裁判での被告の裁判官のスケッチを引用して）

〈昭和十一年に居眠りをし、昭和十一年に出鱈目の限りをつくしてゐた連中の末裔は、昭和四十二年にも居眠りをし、昭和四十二年にも出鱈目の限りをつくしてゐる。われわれのまはりは、仮寝の鼾に埋まつてゐて、豚小屋のやうである。〉とはるか五十年前に愛想をつかしていたのである。

（3）

次は、「予言」といふより「予告」である。

〈一九六〇年に、十五年ぶりでハラキリが復活した。岸内閣の政治に憤慨した或る僧侶が、官邸の前で切腹したのである。これから又たびたびハラキリが出て来ても、おどろくには当らないのである。サムラヒもやがて復活することであらう。〉

（「アメリカ人の日本神話」昭和三六年一月、全集三〇）

〈生命を捧げるに足るだけの何らかの価値を提示しなければならない。と言つて、かつての国家主義哲学は、現代の世界ではすでに古い。とすれば、それは何であらうか？〉

（「天下泰平の思想」昭和三八年九月、全集三一）

〈さうですよ。もちろん承知の上ですね。危険な言説を吐いたら、これから責任をとらなければならないでせう。戦前のやうに危険な言説を吐いてゐて、便乗するといふわけにはいきますまい。責任をとらなければならないでせう。「英霊の声」を書いた時に、僕は、そんなことを言ふと――まだ先のことですからわかりませんが――なにか自分にも責任がとれるやうな気がしたのです。だからあんなこと書いたのです。さういふ見極めがつかなければあんなもの書けないですね。〉

〈何故日本人はムダを承知の政治行動をやるのであるか。しかし、もし真にニヒリズムを経過した行動ならば、その行動の効果がムダであつてももはや驚くに足りない。陽明学的な行動原理が日本人の心の中に潜む限り、これから先も、西欧人にはまつたくうかがひ知られぬやうな不思議な政治的事象が、日本に次々と起ることは予言してもよい。〉

（「革命哲学としての陽明学」昭和四五年九月、全集三四）

三島由紀夫は、昭和四十五年十一月二十五日、「予言」通り、「予告」通り、「約束を果たす」ために、「責任」をとって、楯の会学生長森田必勝と共に自刃、「生命尊重以上の価値の所在」（「檄」、全集三四）を私たち日本人に示し、そして「サムラヒ」を復活させたのである。

（4）

三島は、三島文学の重要なテーマの一つである「性」についても鋭い予言を残している。

〈……私は大体言論の自由というものに関する考えはもしセックスについていうならば、恐ろしいところまで拡がっていくのではないかというふうに考えるものであります。〉

昭和四三年一〇月、早稲田大学でのティーチ・イン—国家革新の原理、「文化防衛論」）

〈スターは性的シンボルであつたが、それは覆はれた性的シンボルであり、性の無名性の逆説であつた。すなはち性的対象が一つで、こちらが不特定多数人だとすれば、たつた一つの性的対象に対してできるだけ多数の不特定人が集まれば集まるほど、経済的効率は上るわけであるから、そのためには宣伝が必要になり、宣伝の公共性がスターをいやが上にも有名にすると共に、性の無名性（性的独占の条件）はますます薄れ、人々は共有の法則に従はざるをえなくなる。そこに神聖化が行はれ、幾多の処女伝説が発生した。しかし、ブルー・フィルムでは、この事情は逆になる。俳優は無名であればあるほど、性的独占の対象として直接性を帯び、それはいかにも任意の対象といふ風情をそなへ、観客と俳優は一対一で映像の性関係に入ることが容易になる。そのためには、公共性を必然的に持つ宣伝は、すべてを阻害することになる。

未来の映画は、すべてブルー・フィルムになるであらう。そして公認されたブルー・フィルムの最上の媒体は、ヴィデオ・カセットになるであらう。なぜならそれは映像の性的独占を可能にするからだ。〉

（「忘我」昭和四五年八月、全集三四）

これらの予言は、半世紀後の現代の性風俗を見事に言い当てている。性の自由化は、「援助交際」という形をとって際限なくひろがり、ビデオショップをのぞけば一目瞭然、CD化されたブルー・フイルムには無名の俳優どころか素人があふれている。

また医学の進歩についてもこう語っている。

〈私は文明の未来図を思ひゑがきます。人間の肉体は、だんだん取換へのきく、いくらでも見場をよくすることのできる人工的なものになるでせう。整形手術なんかは古い伝説になつて、皮膚も、臓器も、骨も、何もかも、廃品になつたらすぐ取り換へられるやうになるでせう。プラスティックの歯は全身に隈なく及ぶでせう。人間は持つて生れたものを、そんなに尊重しなくなるでせう。それはどうにでも変へられるからです。〉

（「不道徳教育講座」昭和三四年三月、全集二九）

ＩＰＳ細胞の出現を予言したかの如くである。

（平成二八年八月一六日）

其の四「実感的スポーツ論」

（1）

リオデジャネイロ・オンピックたけなわで、日本選手の活躍に日本中が沸いています。三十歳で始めたボデービルによって生来の虚弱体質を克服した三島由紀夫は、スポーツを人生の重要な部分として位置づけ、自らもボクシング、剣道、空手道と最後まで真剣に取り組み、東京オリンピックでは新聞各紙に観戦記を発表するなど数多くのエッセイを残しました。東京オリンピック前月の昭和三十九年九月、「実感的スポーツ論」（全集三一）では次のように語っています。

〈私が人に比べて特徴的であつたと思ふのは、少年時代からの強烈な肉体的劣等感であつて、私は一度も自分の肉体の繊弱を、好ましく思つたこともなければ、誇らしく思つたこともなかつた。……

といつて私は不具ではなく、多病ですらなかつた。ただ痩せてゐて、胃弱体質なだけのことであつた。アドラーの劣価補償説を持ち出すまでもなく私の今日の生活にスポーツを不可欠のものとした原因はただ一つ、この劣等感のおかげであつたと思はれる。世の中には貧弱なからだでゐながら、知力や才能の自恃にみちたりて、毫も肉体的劣等感を持たない人も山ほどゐるのである。

……

三十歳の年の夏、私に突然福音が訪れた。これがのちのち人々の笑ひの種子になり、かずかずの漫画の材料になつたボデービルといふものである。

私はその前のアメリカ旅行で、ボデービルについていくらか予備知識を持つてゐたが自分とは全然無縁の世界だと考へてゐた。忘れもしない昭和三十年の夏、ある週刊誌が早大ボデービル部の写真をのせ「誰でもこんな体になれる」といふコメントをつけてゐるのを見て、病人が何でも新薬をためしてみるやうなもので、私は躊躇なく編集部に電話をかけ、早大の玉利コーチを紹介してもらつた。……

世の中で何がおもしろいと言つて、自分の力が日ましに増すのを知るほどおもしろいものはない。それは人間のもつとも本質的なよろこびの一つである。……

それでも半年ほどするうちに、私は人前に出して恥づかしくないほどの体になつた自分の姿に、わが目を疑つた。そして私の若き日の信念では、自意識と筋肉とは絶対の反対概念であつたのに、今、極度の自意識が筋肉を育ててゆくこの奇蹟に目をみはつた。これはアメリカ文化のもつとも偉大な発明の一つであり、また、アメリカ文化の逆説の象徴であつた。

…………

さて、一年もボデービルをやるうちに、私の肉体的自信は主観的にふくらみすぎ、むかしから私とスポーツとの間を隔ててきたあの鉄壁が、つひにくづれ去つたと信じた。そこで私は、舌なめずりしながらスポーツの世界へ飛び込まうとした。もつとも困難な、もつとも激しいスポーツ、三十歳に達した男の大半がおぞ毛をふるふやうなスポーツ、それは何だらうか？——それはボクシングだつた。

だがすべてはお誂へ向きには運ばなかつた。

ボクシングの世界には、私の先生として、日大の小島智雄氏が大手をひろげて待つてゐた。それはボデービルをはじめてちやうど一年目、三十一歳の初秋のことである。……

——この最初のスパーのときであつたか、二度目のスパーのときであつたか忘れたけれど、石原慎太郎氏がジムを訪れて、その哀れな姿を8ミリのフィルムに撮つてくれた。このフィルムがまたみんなの物笑ひのたねになり、あるとき文学座の連中が私の家に集つて、マンボのレコードをかけながら、これを見て大笑ひをしたことがある。私の必死のジタバタした動きは、実に漫画的に、このマンボのリズムに合つた。……

私のボクシング修業は、一年ばかりで終つた。体力の限界を感じたことが主たる理由であるが、その限界を実感的に究めえたといふ点で、私はボクシングおよび小島氏に対する感謝を忘れない。そしてそれが私の、猪突猛進のもつともよい記念になつた、といふ点で。〉

（2）

ボクシングの修業は短期間で終わったが、その後三島はボクシングには興味を持ち続け、多くの世界タイトルマッチの観戦記を書いている。昭和四十年五月十八日、ファイティング原田が、『黄金のバンタム』とよばれた史上最強のチャンピオン、エデル・ジョフレに挑戦、圧倒的に不利な予想を覆しタイトルを奪取した一戦を次のように記している。

〈時しも五月。五月人形みたいな、金太郎みたいな原田が勝つた。日本の男児の、晴れやかな一本気と、不屈の闘志が勝つた。いつたん失つた世界選手権のかぶとが、いちばんかぶとの似合ふ顔に取り戻された。

といつても、三年前、つかのまの世界チャンピオンになつたときの原田は、フライ級のからだで、まだまだ少年少年してゐた。いま見る彼は、ヒゲも濃く、からだもたくましく、苦難をくぐり抜けてきた男の顔になつてゐた。

予想は圧倒的に原田の不利だつたが、私は予想よりも人間のはうに賭ける。われわれは自分に賭けるときさうしてゐるのだから、他人に賭けるときもさうするべきだ。

第1ラウンド開始のゴングが響いたとき、黒いトランクスで、向うのコーナーから弾丸のやうにとび出してきた原田を見て、私は鋭い、痛いやうな希望を感じた。

ジョフレは、はじめから、老練な俳優のやうに余裕シャクシャクとしてゐた。試合開始前、祖国へ自信に満ちた言葉を放送した彼は、細面の秀麗な顔に上気の色もなく、いかにも南米好みの、トサカは赤、羽は金色のビーズのニハトリの縫ひとりのついた紺のガウンをはおつてゐた。ラウンド間にもコーナーに椅子を入れず、さらりと汗をふくだけですませてゐたのが、第8ラウンドのあとで、初めて椅子を入れたときが、彼の体力と精神力の、勝敗の分れ目だつたと思はれる。

試合はすべての予想を裏切つて、なんども逆転のある、ねばつこい、恐ろしいスリルに満ちた、凄絶なものだつた。私はこんなに充実した15ラウンドを見たことがない。

何といつても原田のえらさは、第5ラウンドのピンチを切り抜けて、中盤戦で徐々に回復し、緒戦にまさる冷静さを保ちながら判定に持ち込んだ、その不死身さにある。……

この回復力がすばらしい。若さの体力と精神力と理知的計算とが、これほど見事なバランスを保ち得ただけでも、彼はこんどこそ、本当に世界チャンピオンたるにふさはしいボクサーになつたといへる。

10回あたりでKOへ持ち込むのが習ひのジョフレが、10ラウンド以降、リング上に見る敵手の姿は、わが目を信じかねるものであつたに違ひない。

それは打つても打つても、平然と押し寄せてくる琥珀色の波だ。いくら石を投げても、追ひかけてくる肉体の波だ。ジョフレはおしまひに、あきあきした顔を見せはじめた。原田の勇敢なクロス・カウンター。そして4ラウンド、ラッキーな右アッパーでジョフレを圧してから、味をしめて、いつもジョフレの堅固なディフェンスを下方からねらつて、急激な波頭のやうにつきあげてくるその右アッパー……。

――守る側の人間は、どんなに強力な武器を用意してゐても、いつか倒される運命にあるのだ、といふ人間世界の鉄則を、この試合はみごとに象徴化してゐたのである。〉

（「若さと体力の勝利―原田・ジョフレ戦」報知新聞五月十九日、全集三二）

多くの観戦記の中で、この観戦記はファイティング原田と共に日本ボクシング界の黄金時代を築いた海老原博幸のポーン・キングピッチ戦の観戦記（「未知への挑戦―海老原＝ポーン」報知新聞昭和三十八年九月十九日、全集三一）と共に珠玉の一篇である。ボクシングの大ファンである編者は、当時テレビで放送された試合はほとんど見ており、この観戦記を読むたびに当時の興奮が鮮やかに蘇ってくる。なお、この試合のビデオにはリングサイドで観戦取材するサングラスをかけた三島の姿を見ることができる。それにしても観戦記は翌朝の新聞に載るわけである。試合が終わるのは夜九時ころであり、それから一、二時間後には原稿を渡していたのであろう。手練の早業である。

次に三島が触手を伸ばしたスポーツは剣道であった。

（3）

〈私は目下剣道をやつてをり、やつと最も自分に適したスポーツを見いだして、そこに安心立命の境地を得た感じがしてゐる。剣道をスポーツと見ることには異論があらうし、また私の剣道は基本が不足で、フォームの悪さは定評のあるところだが、それでもここに私の故郷があり、肉体と精神の調和の理想があり、スポーツに対する私のながい郷愁が癒やされた思ひがしてゐる。この「郷愁」といふ言葉は私独特の用法であつて、必ずしも自分の過去に対する郷愁を意味しない。私は西インド諸島の椰子並木や、ポルトガルのリスボン市などに、そこをはじめて訪れたときに、ながい郷愁がみたされたといふ感じを持つた経験がある。スポーツはそのやうにして、久しく私の精神の奥底に埋もれてゐたのである。今、三十九歳にしてそこに到達したのは、考へてみれば自然な成り行きであり、私は自分で努力したといふよりも、運命にみちびかれてここへ来たのだといふ感じがする。……

それから二十五年たつた今、今度はまるきり逆に、自他の立てるそのかけ声が私には快いのである。嘘ではなく、そのかけ声が私は心から好きになつた。これはどういふ変化だらう。

思ふに、それは私が自分の精神の奥底にある「日本」の叫びを、自らみとめ、自らゆるすやうになつたからだと思はれる。この叫びには近代日本が自ら恥ぢ、必死に押し隠さうとしてゐるものが、あけすけに露呈されてゐる。それはもつとも暗い記憶と結びつき、流された鮮血と結びつき、日本の過去のもつとも正直な記憶に源してゐる。それは皮相な近代化の底にもひそんで流れてゐるところの、民族の深層意識の叫びである。このやうな怪物的日本は、鎖につながれ、久しく餌を与へられず、衰へて呻吟してゐるが、今なほ剣道の道場においてだけ、われわれの口を借りて叫ぶのである。それが彼の唯一の解放の機会なのだ。私は今ではこの叫びを切に愛する。……

私はこれから先も、剣道が、柔道みたいに愛想のよい国際的スポーツにならず、あくまでその反時代性を失はないことを望む。……

かうして私のスポーツ歴をふりかえつてみると、いかに人とちがつた道を歩いてきたかにおどろく。私は人がとつくの昔にスポーツをやめてしまふ年齢になつてスポーツをはじめ、何一つ人に抜きん出た成果はあげないながら、自分の身にスポーツをしみ込ませるだけのことはしたと思ふ。そして社会人として忙しくなる三十代に、人以上に、体力もつけ、健康も保ち、人生の半ばで自分の肉体を十分に鍛へ直すことだけはやつたと思ふ。

……

もう一つは、社会人のスポーツの問題である。社会人のスポーツといふと、見るスポーツだけ、行ふスポーツはゴルフだけ、といふのが現況であつて、社会生活の烈しさが増すにつれて、三十代で早くも老化現象を起す人たちがますます増加する。皮下脂肪の沈着が、あるひはコレステロールを増し、あるひは心臓を弱める。多飲が肝臓障害を惹き起し、神経の酷使が胃潰瘍を招来する。それを防ぐために、薬屋の店先でいそいで薬罐からストローを啜つてゐる姿は、情けない眺めである。スポーツがこれらのものをみんな救ふことは目に見えてゐるのに、社会人は、暇もなければ、その機会もない。……

スポーツは行ふことにつきる。身を起し、動き、汗をかき、力をつくすことにつきる……。運動のあとのシャワーの味には、人生で一等必要なものが含まれてゐる。どんな権力を握つても、どんな放蕩を重ねても、このシャワーの味を知らない人は、人間の生きるよろこびを本当

に知つたとはいへないであらう。〉

（4）

三島は、剣道に励むかたわら空手道にも興味をもち、昭和四十二年夏ころ日本空手協会を訪れ入門をこい、中山正敏主席師範の指導の下稽古を開始、翌四十三年秋には、楯の会の会員らも加わり毎週一回定期的に訓練を行った。昭和四十五年六月に行われた日本空手協会主催の「全国空手道選手権大会」には楯の会会員と共に演武を行った。以下は前年大会のプログラムへの寄稿文である。

〈初夏の風光る季節になると、空手着の白い清潔な光にますます精気が加はり、斗志が夏の積乱雲のように湧き起り、全日本空手道選手権大会の開幕の近いことが、道場にいて、ひしひしと感じられる。正しい力は崇高であり、汚れた力は醜悪であることは、あたかも、清い水は生命をよみがえらせ、汚い水は人を病気にさせるのに似ている。われわれも何か《ママ》とか正しい力を身につけたい。それなしには、思想もヘッタクレもないからである。去年の大会におけると同じく、今年の大会においても、私は卵以前の卵にすぎないが、いつか大空を翔ける鳥になることを夢みている点では人後に落ちぬ。名選手たちの飛鳥の名技を見ると、鳥になつて早く大空を翔けたいという思いは、空手をはじめた十五歳の少年も、すでに中年の私も、少しもかはるところはないのである。〉

（『三島由紀夫と武道』平成二六年一月、犬塚潔著）

なお、昭和四十三年の秋最初に稽古に参加した際、空手着をもっていなかった編者は、三島先生より「これで道着を買ってこい」と札入れから抜きだした数枚の千円札をおしいただき、近くの武具店、水道橋商会に走ったことが昨日の如く思い出される。

（平成二八年八月一八日）

其の五「日本人の誇り」

リオデジャネイロ・オリンピックも終盤、日本選手の活躍で多くの国旗が掲揚され、会場には大小さまざまな日の丸が乱舞しました。特に陸上競技四×一〇〇メートルリレーで銀メダルを獲得、ウィニング・ランを行う四人の若者の背に掲げられた鮮やかな日の丸に感動した人も多かったことと思います。

三島由紀夫は、「日の丸」について次のように語っている。

〈ところで、私はこの元旦、わが家の一等高いところから、家々を眺めて、日の丸を掲げる家が少ないことに一驚を喫した。こんな美しい国旗はめづらしいと思ふが、グッド・デザインばやりの現在、むづかしいことは言はずに、せめてグッド・デザインなるが故に、門毎《かどごと》に国旗をかかげることがどうしてできないのか？

去秋の旅で、私は二度鮮明な日の丸の思ひ出を持つた。

一つは私の泊まつてゐたニューヨークのウォルドルフ・アストリア・ホテルに、たまたまオリエント研究関係の国際会議か何かで、三笠宮殿下がご来泊になり、正面玄関に大きな日の丸の旗が掲げられ、パーク・アヴェニューにひるがへつた。これは実に晴れがましい印象だつた。

自分も一日本人、一同宿者として、その巨大な日の丸の旗の、一センチ角ぐらゐを受持つてゐる感じがして、心がひろがるのであつた。〉

（「お茶漬けナショナリズム自然な日本人になれ」昭和四一年四月、全集三二）

※

〈言ひ古されたことだが、一歩日本の外へ出ると、多かれ少かれ、日本人は愛国者になる。先ごろハムブルグの港見物をしてゐたら、灰色にかすむ港口から、巨大な黒い貨物船が、船尾に日の丸の旗をひるがへして、威風堂々と入つて来るのを見た。私は感激措くあたはず、夢中でハンカチをふりまはしたが、日本船からは別に応答もなく、まはりのドイツ人からうろんな目でながめられるにとどまつた。……異国の港にひるがへる日の丸の旗を見ると、

「ああ、おれもいざとなればあそこへ帰れるのだな」

といふ安心感を持つことができる。いくらインテリぶつたつて、いくら芸術家ぶつたつて、いくら世界苦《ベルト・シユメルツ》にさいなまされてゐるふりをしたつて、結局、いつかは、あの明るさ、単純さ、素朴と清明へ帰ることができるんだな、と考へる。〉

（『日本人の誇り』昭和四一年一月、全集三二）

編者も、祝日には、玄関にささやかな日の丸を掲げるけれど（ただし、五月三日の憲法記念日は

掲げない）、祝日に一日中歩いても日の丸を見るのは数えるほどで、半世紀前に三島が嘆いた当時と変わってはいない。オリンピックやワールドカップでは日の丸を振ってあれほど熱狂するのに、玄関に掲げることができないのはどういう理由であろうか。ただ面倒なだけなのかそれとも何らかの心理的抵抗でもあるのであろうか。

しかし、三島は決して押しつけを好まず、各人の自由意志を尊重し、あらゆる文化政策的な見地を嫌悪する。続けて次のように言う。

〈私は十一世紀に源氏物語のやうな小説が書かれたことを、日本人として誇りに思ふ。中世の能楽を誇りに思ふ。それから武士道のもつとも純粋な部分を誇りに思ふ。日露戦争当時の日本軍人の高潔な心情と、今次大戦の特攻隊を誇りに思ふ。すべて日本人の繊細優美な感受性と、勇敢な気性との、たぐひ稀な結合を誇りに思ふ。この相反する二つのものが、かくもみごとに一つの人格に統合された民族は稀である。……

しかし、右のやうな選択は、あくまで私個人の選択であつて、日本人の誇りの内容が命令され、統一され、押しつけられることを私は好まない。実のところ、一国の文化の特質といふものは、最善の部分にも最悪の部分にも、同じ割合であらはれるものであつて、犯罪その他の暗黒面においてすら、この繊細な感受性と勇敢な気性との結合が、往々にして見られるのだ。われわれの誇りとするところのものの構成要素は、しばしば、われわれの恥とするところのものの構成要素と同じなのである。きはめて自意識の強い国民である日本人が、恥と誇りとの間をヒステリックに往復するのは、理由のないことではない。

だからまた、私は、日本人の感情に溺れやすい気質、熱狂的な気質を誇りに思ふ。決して自己に満足しないたえざる焦躁と、その焦躁に負けない楽天性とを誇りに思ふ。日本人がノイローゼにかかりにくいことを誇りに思ふ。どこかになほ、ノーブル・サベッジ（高貴なる野蛮人）の面影を残してゐることを誇りに思ふ。そして、たえず劣等感に責められるほどに鋭敏なその自意識を誇りに思ふ。

そしてこれらことごとくを日本人の恥と思ふ日本人がゐても、そんなことは一向構はないのである。〉

（前掲『日本人の誇り』、全集三二）

ここには、三島の日本及び日本人に対する深い洞察力とあふれんばかりの愛情が見られる。

※

また、三島は「日本への信條」（昭和四二年一月、全集三二）で日本への思いを次のように語る。

〈思想といふよりは、人間像人格表徴がより重んじられる日本では、私のやうな人間が、日本や日本人を真顔で論じると、本気で相手にされないことが多いばかりか、時世に追随した日和見主義だとさへ思はれることが多い。

それもそのはず、私は生活において西洋かぶれの典型と目されてをり、西洋へは七回も行き、西洋人の友人も多く自宅は純西洋式で畳の部屋もないといふありさま、料理は西洋料理が大好き、手洗ひも西洋式が一番、キモノといふものは、一年中着たことがない。もつとも道場で着る剣道着は別だが。

かういふ人間が、したりげに日本を説き日本人を論じるのだから、世間の人がまゆにつばをつけるのも無理はない。……

近代日本が西洋文明をとりいれた以上、アリの穴から堤防はくづれたのである。しかも、文明の継ぎ木が奇妙な醜悪な和洋折衷をはやらせ、一例が応接間といふものを作り、西洋では引つ越しや旅行の留守にしか使はない白麻のカバーをソファーにかける。私はさういふことがきらひだから、いすが西洋伝来のものである以上、西洋の様式どほり、高価な西洋こつとうのいすにも、家ではカバーをかけさせない。

昔の日本には様式といふものがあり、西洋にも様式といふものがあつた。それは一つの文化が全生活を、すみずみまでおほひつくす態様であり、そこでは、窓の形、食器の形、生活のどんな細かいものにも名前がついてゐた。日本でも西洋でも窓の名称一つ一つが、その時代の文化の様式の色に染まつてゐた。さういふぐあひになつて、はじめて文化の名に値するのであり、文化とは生活のすみずみまで潔癖に様式でおほひつくす力であるから、すきや造りの一間にテレビがあつたりすることは許さないのである。……

私にとつては、そのやうな、折衷主義の様式的混乱をつづける日本が日本だとはどうしても思へない。また、一例が、能やカブキのやうなあれほどみごとな様式的美学を完成した日本人が、たんぜんでいすにかけてテレビを見て平気でゐる日本人と、同じ人種だとはどうしても思へない。……生活上において、いくら生つ粋の西洋を選んでも安心な点は、肉体までは裏切れず、私はまぎれもない日本人の顔をしてをり、まぎれもない日本語を使つてゐるのだ。つまり、私の西洋式生活は見せかけであつて、文士としての私の本質的な生活は、書斎で毎夜扱つてゐる「日本語」といふこの「生つ粋の日本」にあり、これに比べたら、あとはみんな屁のやうなものなのである。

今さら、日本を愛するの、日本人を愛するの、といふのはキザにきこえ、愛するまでもなくことばを通じて、われわれは日本につかまれてゐる。だから私は、日本語を大切にする。これを失つたら、日本人は魂を失ふことになるのである。戦後、日本語をフランス語に変へよう、などと言つた文学者があつたとは、驚くにたへたことである。……

そして、この文化的混乱の果てに、いつか日本は、独特の繊細鋭敏な美的感覚を働かせて、様式的統一ある文化を造り出し、すべて美の視点から、道徳、教育、芸術、武技、競技、作法、その他をみがき上げるにちがひない。できぬことはない。かつて日本人は一度さういふものを持つてゐたのである。〉

（平成二八年八月二一日）

其の六「第一の性」——プレースリー、アラン・ドロン&三島由紀夫

三島由紀夫は雑誌「女性明星」で、ボオドレエルの「第二の性」をもじって「第一の性」（昭和三七年一二月から三九年一二月、全集三〇）と題し、若い女性向けに軽妙な男性論を展開した（三島は若いときボオドレエルにかぶれたといっている）。その人物各論の中から当時のスーパー・スター、エルヴィス・プレースリーとアラン・ドロンそして戯画化して分析した三島自身を語る。

エルヴィス・プレースリー

〈…今世紀における最大最高の男性のセックス・シンボルであり、その地位は当分ゆらぎさうもありません。ギリシアの昔から、女から八つ裂きにされるほど人気のあつた男は、竪琴片手に詩を吟ずるオルフェウスであつて、ギターを抱へて歌をうたふ、といふ点で、プレースリーは、オルフェウスの直系なのです。……

彼があの六フィート百八十五ポンドの巨躯で、悩ましい目つきをして、その目に、何ともいへない空しさを漂はせて、鼻にかかつた甘くふるへる声を、その厚ぼつたいまくれ上つた唇から出し、かつてペルヴィス（骨盤）・プレースリーと仇名されたやうに、不道徳な態度で腰を

回転させ、ギクリと腰の蝶番が外れたみたいに急に動きを止める、……あの瞬間、女の子たちは完全にしびれて了ひ、キャーと悲鳴をあげるのですが、今はさほどでなくなつたにしても、かつてのプレースリーの歌は、歌といふよりも、一種の性的儀式でした。……

つまり、年増女の母性愛をくすぐる憂愁も、あどけなさも、少女の英雄崇拝にうつたへる体力も、不良つぽさも、性的経験のある女に対する魅力も、それのない女からの憧れも……何もかも一身に具備して、歌の一ふし、体の一ひねり、ことごとくセクシーならざるはないといふこの男。しかもそれを男の中の男と呼ぶには、何か欠けてゐるやうなこの男。なまぐさい若さの、動物電気みたいなものを、存在すべてにしみこませて、それで成功した男……。こんな男は、歴史を見ても、一寸比べるものがなく、深澤氏のやうに、キリストを引張り出して来る他に、処置がないかもしれない。

しかし、男といふものは、別にそんな存在になるために生れてくるわけぢやない。プレースリーは、男性における突然変異であり、ひどく自然に反したもので、一種の「性の神」になるやうに生れついた男である。ひよつとすると、彼がアメリカ人であるといふことは、女性の権力が強くなりすぎた社会における、男性の側からの永い怨みと復讐のしるしかもしれないのです。

……

さあ、プレースリーのあとにつづけ！

と男性軍は意気込みます。しかし悲しいことに、プレースリーはあくまで突然変異であつて、われわれ世間並の男には、彼の万分の一の力もありません。プレースリーの前には平伏する女が、他の男には平気で威張り散らす。これでは全男性の復讐の悲願は、永久に叶へられさうもありません。〉

※

三島のペンは硬軟自在である。

一九六〇年代のアメリカンポップスにかぶれていた編者は高校時代、毎週日曜日の午前ラジオにかぶりつき、湯川れい子の音楽番組（ビルボードトップテン？）を聞いていた。プレスリーとビートルズは双璧だった。プレスリーをテレビで見た記憶はないが、この文章から「なるほど、プレスリーはそういう存在だったのか」と当時を懐かしく思い出す。

双璧のひとり、ビートルズがやってきた。昭和四十一年六月三十日である。三島は早速武道館に駈け付けた。

〈私がかうまで長々と場内の様子を述べたのは、ほかでもない、ビートルズが、いかに最低の舞台条件で歌つたかといふことを言ひたいからである。……

つまり、私にはビートルズのよさもわるさも何もわからない。しかも歌ひだすやいなや、キャーキャーといふさわぎで、歌もろくすつぽきこえない。どうにかきこえたのは、イエスタデーがどうしたとかかうしたとかいふ一曲だけ。何の感銘もなければ興奮もなく、ついこの間、同じ武道館で行なはれた原田・ジョフレ戦の、あの全観衆の熱狂の百分の一ほどの興奮もなかつた。

あの試合のときの、殺気、熱気、群衆のどす黒い迫力は今日の比ではなかつた。しかも警備は、おそらく今日の何十分の一だらうし、リング・サイドまでギッシリ椅子が詰まつてゐた。〉

と「ビートルズ見物記」（全集三二）に記した。

ビートルズファンの一人である編者も、当時テレビで見て、全く期待外れであったことを記憶している。

昭和三十三年九月十日には、ポール・アンカ・ショウを見ている。

〈夜、家族連れで張り出し舞台のかぶりつきの席に陣取り、ポール・アンカ・ショウを見る。国際劇場である。こんな近くで見るポール・アンカは、むつちりと肥えた小柄な体に、まるで兎そつくりの感じの顔を載せた少年で、その体をよくリズムが貫いて流れる。愛嬌を絵に描いたやうな少年だ。〉と「裸体と衣裳」(全集二八)に書いている。

それから二十数年後、編者もポール・アンカ・ショウを見た。頭が少し薄くなり、おじさんになっていた。

アラン・ドロン

〈第一に、アラン・ドロンはナルシストである。これは誰が見てもさういふ印象を持つらしいが、私が一番に感心するのは、ドロンがナルシストと云はれても、すこしも滑稽でないことである。つまり世界の全部が、客観的に彼の美貌を認めてゐるのだから、もし彼自身が自分の顔がきらひだつたら、却つて不自然だ、と人に思はせるほど、彼が美男だといふことです。世間にナルシストは一杯ゐるけれど、まづ「あの人はナルシストですつて」と噂されて、笑はれないやうな人間は稀です。つまり彼が、どんな己惚れも追ひつかないほどの美貌を持つてゐるのでなければ、ナルシストたることは、第三者から見て滑稽だからです。……

しかしこの純粋な肉体的ナルシスムも、本来は男のものであることは、ナルシスムといふ言葉自体が、水に映る自分の姿に恋ひこがれて溺死したギリシアの美少年ナルシスから来てゐることでも明白です。……

ナルシストとしての男は、女性とちがつてお化粧もせず、自分自身を正確に見つめて、しかも美しいのだから、これ以上のものはない。さういふ男にとつての真の友は鏡であつて、自分を愛してくれる人たちは、いはば物言ふ鏡である。鏡の欠点は、ほめ言葉を口に出さないことです。

そんなドロンにとつて、孤独は完全に純粋であり、この世界には、自分以外の人間は本質的に重要ではない。何もかも自分一人で充ち足りてしまひ、自分の美しさで世界は一杯なのだから、ほかのものは何も入る余地がない。……

第二に、ドロンにはこれまでいろいろと同性愛の噂があつた。これは彼が美しすぎ、愛されすぎることとの当然の結果で、そこにはアポロのやうな、男性美と女性美を兼ねそなへた人間の理想的存在への夢がある。

必ずしもドロンが同性を偏愛してゐるわけでなくても、（私にはドロンが自分以外の誰かを愛するといふことは想像もつきませんが）俳優といふショウ・アップ（見せつける）する職業には、本質的にナルシスムと男色がひそんでゐると云つても過言ではない。

それについてサルトルが鋭いことを言つてゐます。

「あらゆる俳優は『男色前期』である。たとへ現実に彼が男と寝たことがなく、女だけしか愛さなくても、さうなのである」

この定義によれば、俳優といふ存在そのものが、「対他存在」であり、男でありながら対他存在になりうる者は、みんな本質的に男色だと云ふことになり、大ていの俳優は大憤慨するにちがひないが、ナルシスムの行きつくところはそこにしかなく、ナルシストにとつては、ぼうつとあこがれる女の目よりも、するどく批評しながら愛する男の目のはうが、より信頼できるといふことになり、自分の美しさを確かめるためなら、女より男のはうが便利だといふ結論になる。なぜなら、ドロンの前にあらはれる女は、世界の美がドロンに独占されてゐるといふことに気づかず、(他の誰にも美の分け前がのこつてゐる筈はないのに)彼女自身の美もドロンにみとめてもらひたがるであらう。しかしあくまでドロンは、美をみとめられる側の人間であつて、美をみとめる側の人間でなく、そんなことは彼にとつて面倒くさくてイヤなことにちがひない。

ここまで来ると、ドロンの結婚のニュースが、又特別の意味を持つてくる。ドロンの結婚の相手は、美しいドイツ娘のロミー・シュナイダーではだめで、どうしても性的経験を豊かに持ち、すでに一女の母でもある、成熟しきつた女性でなくてはだめだといふこ

とがわかるのです。〉

※

アラン・ドロンは一世を風靡した美男俳優で、編者も高校時代「太陽がいっぱい」を見て、ため息をついたものである。ドロンを分析するとこうなるのか、三島の観察眼の鋭さにため息が出る。

大の映画好きの三島は多くの映画評論を表しているだけでなく、自分も数本の映画に出演した。「憂国」では、原作・制作・脚色・監督そして主役と一人五役をこなし、昭和四十一年、「短編映画の映画祭としては世界で最も高い水準のものといはれて」いるツールの国際短編映画祭に出品、高い評価を得た（グラン・プリを次点で逸した）。

「制作意図及び経過」（昭和四一年四月、全集三二）には、

〈開会日の「ヌーヴェル・レプブリック」紙に、ベルナアル・アーメル氏が次のやうに書いてゐる。

「さて、最後に三島由紀夫の『愛と死の儀式』（憂国）による、電撃のごとき一打がある。率直に言つて、この映画を見るには細心の注意を要する。――これは悲劇、それも真実な、短い、兇暴な悲劇である。そしてこの作品は、近代化された『能』形式の下に、ギリシア悲劇の持つ

或るものを、永遠の詩を、すなはち愛と死をその中にはらんでゐるのである。(梗概略)この作品は、われわれの心を思はぬ方へ連れ去つてゆくが、全く驚くべき法外の掘り出し物だ。この『能』は民族的な琴の伴奏の代りに、正にワグナーの『トリスタンとイゾルデ』を伴奏にしてゐるのだ! 驚くべきことに、ワグナーはこの日本の影像《イメージ》に最も深く調和してゐる。そしてこの日本の影像の持つ、肉感的であると同時に宗教的なリズムは、西洋のこれまでに創り得たもつとも美しい至福の歌の持つ旋律構成に、すこぶる密接に癒着してゐるのである。」〉

とある。まさにスーパーマンである。先日も新宿の映画館で主演の「空つ風野郎」を見た。三島由紀夫懸命の演技に拍手を送つた。

三島由紀夫

〈編集部のたつての要請で、三島由紀夫といふ小説家をとりあげることになつたのですが、彼についてはは私はあまりよく知りません。以下は編集部の集めてくれたデータばかりですが、それまで私の知つてゐたことは、むかし「美徳のよろめき」といふ小説を書いて、「よろめき」などといふヘンな言葉をはやらせたり、近くは、プライヴァシー裁判の第一審で敗訴して、天下の笑ひ物になつたり、といふことぐらゐです。彼は、「男性の特徴とは知性と筋肉である」と主張し、自分は知性もあり筋肉もあるから、（と云つてもその筋肉は、例のボディ・ビルといふやつで、あとからくつつけた代物ですが）、自分こそ男性の代表であるなどと好い気になつてゐるさうですが、その御自慢の文学的知性と人工栽培的筋肉をも以てしても、天下の裁判といふ大喧嘩に勝てなかつたのですから、まことにお笑ひ草です。

又、この人物はお洒落に独特の見識を持ち、三十九歳にもなつて、Gパンに革ジャンパーで、電車に乗つてジム通ひをしてゐるさうですが、女性がかういふ独善的なお洒落にチャームされるかどうか、全く疑問であります。大体、女性は老いも若きも、ダークスーツに渋いネクタイといふ男のお洒落の讃美者であつて、汚ないGパンなんか穿いてイキがつてゐても、鼻つまみになるのがオチでせう。それも十九や二十の男の子がやつてるのなら可愛気もあるが、いい年をしたヲヂサマがそんな恰好をしてるのでは、見るはうも悲しくなるのではないでせうか。

しかも、かういふ趣味は、実は、永井荷風かぶれの一種の貴族趣味から来てゐるのですから、一そうキザです。彼に言はせれば、本当の「精神貴族」（これは彼の大きらひな太宰治氏の愛用した言葉ですが）なら、Gパンが似合はなければならない、といふのです。といふのは、ダーク・スーツで自分を上品に見せかけようとするのは、つまり自分が本当は下品だからであり、革ジャンにGパンで漂ふ気品があれば、それこそ本当の気品であり、しかも精神の気品のみならず肉体の気品を漂はすには、ボディ・ビルをやらなければならない、といふ論法なのです。彼はつねづね男性の真の理想は、「詩人の顔と闘牛士の肉体を持つことである」などと言つてるさうですが、私が彼の写真を見た印象では、せいぜい「代書屋の顔とニコヨンの肉体」と云つたところであつて、大分理想からは遠いやうに思はれます。

第一、彼はそんなダンディスムを誰に通じさせようと思つてやつてゐるのか、理解に苦しみます。女性にこんな小むづかしいダンディスムを理解させようとしてもムリでせうし、結局彼の一人よがりとしか思はれない。さう反論した人に、彼は次のボオドレエルの一句、

「悪趣味の忘れ難い魅力は、他人にいやがられるといふ貴族的な快味にある」

を引いて答へたさうですが、なるほどその点では、彼も或る程度の成功を収めたと言はなければなりません。

……

そんなに運動が好きで文学がきらひなら、さつさと文学をやめて、運動家になればいい、などと言ふ人は思ひやりのない人であります。彼には運動家になる才能などありはしないし、第一もう遅すぎます。そしてきらひな筈の文学に、毎晩かじりついて、二十年ちかく徹夜をつづけ、何度ひどい目に会つても、懲りずまに《ママ》小説を書きつづけ、書けば書くほど小説がむづかし

くなり、腹を立てて、ビフテキばかり喰べてゐる。
この男は、考へてみると、男性人物講座をつづけて来た中で、一等下らない人物のやうに思へますが、しかし彼も亦、一個の男子である。何かそのうち、どえらいことを仕出来すこともあるでせう。読者諸君と共に、気永に見守つてやらうではありませんか。〉
〈何かそのうち、どえらいことを仕出来すこともあるでせう〉とは、六年後の事件をイメージしていたのだろうか。

※

三島は、自らの言動に対する他人の反応はすべて見通しており、反論はつねに先どり用意していたという。このエッセイはそれを裏付ける一文でもある。

三島は「外面の道徳」というものを重視した。『葉隠入門十三外見の道徳』（昭和四二年九月、全集三三）の中で次のように語っている。

〈武士道の道徳が外面を重んじたことは、戦闘者、戦士の道徳として当然のことである。なぜなら戦士にとつては、常に敵が予想されてゐるからである。戦士は敵の眼から恥づかしく思はれないか、敵の目から卑しく思はれないかといふところに、自分の対面とモラルのすべてをかけるほかはない。自己の良心は敵の中にこそあるのである。……健康であることよりも健康に見えることを重要であると考へ、勇敢であることよりも勇敢に見えることを大切に考へる、このやうな道徳観は、男性特有の虚栄心に生理的基礎を置いてゐる点で、もつとも男性的な道徳観といへるかもしれない。〉

（平成二八年八月二二日）

其の七「葉隠入門」

三島由紀夫は座右の書であった「葉隠」について、

〈私にとつては、「生きる」といふことは、「葉隠」をお手本にすることであつた。ところが「葉隠」は、戦争中、死ぬことを教へる本だと思はれてゐた。しかし、一冊の本が多くの青年を死の道へみちびいた、などと考へるのはセンチメンタルな妄想であり、「葉隠」はむしろ、美しい殺人者のための聖書なのだ。青ざめた知識人の人間主義的モラルなどは、この本の前では吹つ飛んでしまふ。噴水が天に冲するやうに、闇夜をつらぬいて、一つのきはめつきの真実、裸の怖ろしい絶対の真実が吹き上げたのが、「葉隠」といふ本である。私を規制する道徳といふものがもしあるとすれば、この世界に「葉隠」だけであり、ほかの凡百の道徳と称するものはすべて紙屑である。〉

（「美しい殺人者のための聖書」昭和四四年一二月、全集三四）

と賛美した。

※

また、その十四年前の昭和三十年十一月、三十歳の時に書かれた「小説家の休暇」（全集二七）

では次のように語る。

〈私は戦争中から読みだして、今も時折「葉隠」を読む。犬儒的（世間に対して皮肉的、侮蔑的態度。）な逆説ではなく、行動の知恵と決意がおのづと逆説を生んでゆく、類のない不思議な道徳書。いかにも精気にあふれ、いかにも明朗な人間的な書物。

封建道徳などといふ既成概念で「葉隠」を読む人には、この爽快さはほとんど味はれぬ。この本には、一つの社会の確乎たる倫理の下に生きる人たちの自由が溢れてゐる。その倫理も、社会と経済のあらゆる網目をとほして生きてゐる。大前提が一つ与へられ、この前提の下に、すべては精力と情熱の讃美である。エネルギーは善であり、無気力は悪である。そしておどろくべき世間智が、いささかのシニシズム（犬儒主義）も含まれずに語られる、ラ・ロシュフコオ（十七世紀フランスの人生批評家。主著『箴言《しんげん》』は有名。）を読むときの後味の悪さとまさに対蹠的なもの。

「葉隠」ほど、道徳的に自尊心を解放した本はあまり見当たらぬ。精力を是認して、自尊心を否認するといふわけには行かない。ここでは行き過ぎといふことはありえない。高慢ですら、（「葉隠」は尤も、抽象的な高慢といふものは問題にしない）、道徳的なのである。「武勇と云ふ事は、我は日本一と大高慢にてなければならず。」「武士たる者は、武勇に大高慢をなし、死狂ひの覚悟が肝要なり」……正しい狂気、といふものがあるのだ。

行動人の便宜主義とでも謂つたものが、葉隠の生活道徳である。流行については、「されば、その時代々々にて、よき様にするが肝要なり」と事もなく語られる。便宜主義は、異様な洗練に対する倫理的潔癖さにすぎぬ。「そげ者」（編者註・変わり者）であらねばならぬ。「古来の勇士は、大方そげ者なり。そげ廻り候気情故、気力強くして勇気あり。」

あらゆる芸術作品が時代に対する抵抗から生れるやうに、山本常朝のこの聞書きも、元禄宝永の華美な風潮を背景に持つてゐた。「三十年来風規相変り、若武士共の出合の節に話すことの、皆な金銀の噂、損得の考へ、内証事の話し、衣裳の吟味、色欲の雑談のみにて、此事なければ一座しらけて見ゆるは、誠に是非もなき風格になり行き候」

かくて、常朝が、「武士道といふは、死ぬ事と見付けたり」といふとき、そこには彼のウトーピッシュ（編者註・夢想的）な思想、自由と幸福の理念が語られてゐた。だから今日のわれわれには、これを理想国の物語と読むことが可能なのである。私にも、もしこの理想国が完全に実現されれば、そこの住人は、現代のわれわれよりも、はるかに幸福で自由だといふことが、ほぼ確実に思はれる。しかし確実に存在したのは、常朝の夢想だけである。……

人間の陶冶と完成の究極に、自然死を置くか、「葉隠」のやうに、斬り死や切腹を置くか、私には大した逕庭がないやうに思はれる。行動家にとつて行動が待たれてゐるさまは、人間が「時」に耐へねばならぬといふ法則を、少しも加減するものではなかつた。「二つ一《ママ》つの場にて、早く死ぬかたに片付くばかりなり」といふとき、この選択には、どんな場合でも自己放棄は最低限度の徳を保障する、といふ良識が語られてゐるにすぎぬ。そして、「二つ一《ママ》つの場」はなかなかやつて来ない。常朝が殊更、「早く死ぬかた」の判断をあげ、その前に当然あるべき、これが「二つ一《ママ》つの場」かといふ状況判断を隠してゐることには意味がある。死の判断を生む状況判断は、永い判断の連鎖をうしろに引き、たえざる判断の鍛錬は、行動家が耐へねばならぬ永い緊張と集中の時間を暗示してゐる。行動家の世界は、いつも最後の一点を付加することで完成される環を、しじゆう眼前に描いてゐるやうなものである。瞬間瞬間、彼は一点をのこしてつながらぬ環を捨て、つぎつぎと別の環に当面する。それに比べると、芸術家や哲学者の世界は、自分のまはりにだんだんに広い同心円を、かさねてゆくやうな構造をもつてゐる。しかし、さて死がやつて来たとき、行動家と芸術家にとつて、どちらが完成感が強烈であらうか？私は想像するのに、ただ一点を添加することによつて瞬時にその世界を完成する死のはうが、ずつと完成感は強烈ではあるまいか？

　行動家の最大の不幸は、そのあやまちのない一点を添加したあとも、死ななかつた場合である。那須の与市は、扇の的を射たあとも永く生きた。「葉隠」の死の教訓は、行為の結果よりも、ただ、行動家の真の幸福を教へたのである。そしてこの幸福を夢想した常朝自身は、四十二歳のとき、鍋島光茂の死に殉じようとして、光茂自身の殉死禁止令によつて、死を阻まれた。彼は剃髪出家し、葉隠聞書を心ならずも世にのこして、六十一歳で畳の上で死んだ。〉

※

三島は昭和四十二年九月に「葉隠」の解説書、「葉隠入門」（全集三三）を表す。その中で、上記「小説家の休暇」の中の評論を引用、次のように語っている。

〈わたしの「葉隠」に対する考へは、今もこれから多くを出てゐない。むしろこれを書いたときに、はじめて「葉隠」がわたしの中ではつきり固まり、以後は「葉隠」を生き、「葉隠」を実践することに、情熱を注ぎだした、といへるであらう。つまり、ますます深く、「葉隠」にとりつかれることになつたのである。それと同時に、「葉隠」が罵つてゐる「芸能」の道に生きてゐるわたしは、自分の行動倫理と芸術との相剋にしばしば悩まなければならなくなつた。文学の中には、どうしても卑怯なものがひそんでゐる、といふ、ずつと以前から培はれてゐた疑惑がおもてに出てきた。わたしが「文武両道」といふ考へを強く必要としはじめたのも、もとはといへば「葉隠」のおかげである。文武両道ほど、言ひやすく行なひがたい道はないことは、百も承知でゐながら、そこにしか、自分の芸術家としての生きるエクスキューズはない、と思ひ定めるやうになつたのも、「葉隠」のおかげである。

しかしわたしは、芸術といふものは芸術だけの中にぬくぬくとしてゐては衰へて死んでしまふ、と考へるものであり、この点でわたしは、世間のいふやうな芸術至上主義者ではない。芸術はつねに芸術外のものにおびやかされ鼓舞されてゐなければ、たちまち枯渇してしまふのだ。それといふのも、文学などといふ芸術は、つねに生そのものから材料を得て来てゐるのであつて、その生なるものは母であると同時に仇敵であり、芸術家自身の内にひそむものであると同時に、芸術の永遠の反措定《アンチ・テーゼ》なのである。わたしは「葉隠」に、生の哲学を夙《つと》に見いだしてゐたから、その美しく透明なさはやかな世界は、つねに文学の世界の泥沼を、おびやかし挑発するものと感じられた。その姿をはつきり呈示してくれることにおいて、「葉隠」はわたしにとつて意味があるのであり、「葉隠」の影響が、芸術家としてのわたしの生き方を異常にむづかしくしてしまつたのと同時に、「葉隠」こそは、わたしの文学の母胎であり、永遠の活力の供給源であるともいへるのである。すなはちその容赦ない鞭により、叱咤により、罵倒により、氷のやうな美しさによつて。〉

※

編者の手元にある〈「葉隠入門」武士道は生きている〉は光文社版で、「昭和四二年九月一日初版発行、昭和五〇年一〇月二〇日六二版発行」とある。その後版元は新潮社に移り、昭和五八年四月二五日発行、平成二八年三月三〇日で五七刷を数える。昭和五〇年から五八年の約七年間を除いても実に一一九刷を数える隠れたベストセラーである。光文社版の表紙カバーの折り返しには、「私のただ一冊の本『葉隠《はがくれ》』三島由紀夫《みしまゆきお》」として

〈いろいろ仕事が山積《さんせき》しているのに、光文社の依頼を受けて、この本を引き受けてしまった理由というのは、まことに単純であり、浅薄でもある。つまり、私が断われば、誰かほかの人がこの本を書くだろう。私は自分の『葉隠《はがくれ》』をほかのだれにも渡したくなかったのである。もちろん『葉隠』は大ぜいの人に読まれてきた。しかし戦後、『葉隠』が否定されていた時代に、一生けんめいこれを読みつづけて鼓舞《こぶ》されてきた男は、私のほかには多くあるまいという「大高慢」が私にあるからである。

現代——一九六〇年代にいたって、『葉隠』は、じつに、不気味なほど、現代的な本になってきた。こんなモダンな本はあるまいと思うほどだ。私の解説はその現代性に留意して、できるだけわかりやすく書いたつもりである。〉

とある。

また、作家・石原慎太郎が「著者・三島由紀夫《みしまゆきお》氏のこと」として表紙カバーに推薦文を書いている。

「この自堕落《だらく》な時代に、多くの男たちは自らを武装することもなく安逸《あんいつ》に己《おのれ》の人生を消耗する。自堕落と安逸のうちに男の矜持《きょうじ》と尊厳を打ち捨て、士《さむらい》として失格しながらかえりみることもなく。

だがここに一人の男がある。明晰《めいせき》な逆説と皮肉で、己を核とした意識の城をきずき、いつも白刃《しらは》をだいて、美の臥所《ふしど》に寝ている士がいる。

この知的で、かつ、痴的《ちてき》な乱世に、あるときは金色《こんじき》をまぶした七色の甲冑《かっちゅう》に身をかため、またあるときはまったくの裸身で、変化《へんげ》の妖《あや》しい士がいる。

その彼が、いつも手放《てばな》さずにいる佩刀《はいとう》が『葉隠《はがくれ》』である。」

多くの人に読んでほしい本のうちの一冊である。（編者註・犬儒主義、シニズム、ラ・ロシュフコオの括弧説明は光文社版葉隠入門による）

（平成二八年八月二三日）

其の八「私の遍歴時代」——太宰治、芥川龍之介&川端康成

太宰治

三島由紀夫の太宰治嫌いは夙に知られている。三島は「小説家の休暇」(昭和三〇年一一月、全集二七)で次のように書いている。

〈六月三十日(木)

薄暑。曇り。四五人の来客に会ふ。

○君は、私が太宰治を軽蔑せずに、もつとよく親切に読むべきことを忠告する。

私が太宰治の文学に対して抱いてゐる嫌悪は、一種猛烈なものだ。第一私はこの人の顔がきらひだ。第二にこの人の田舎者のハイカラ趣味がきらひだ。第三にこの人が、自分に適しない役を演じたのがきらひだ。女と心中したりする小説家は、もうすこし厳粛な風貌をしてゐなければならない。

私とて、作家にとつては、弱点だけが最大の強みとなることぐらゐ知つてゐる。しかし弱点をそのまま強みへもつてゆかうとする操作は、私には自己欺瞞に思はれる。どうにもならない自分を信じるといふことは、あらゆる点で、人間として僭越なことだ。ましてそれを人に押し

つけるにいたつては！

　太宰のもつてゐた性格的欠陥は、少くともその半分が、冷水摩擦や器械体操や規則的な生活で治される筈だつた。生活で解決すべきことに芸術を煩はしてはならないのだ。いささか逆説を弄すると、治りたがらない病人などには本当の病人の資格がない。

　私には文学でも実生活でも、価値の次元がちがふやうには思はれぬ。文学でも、強い文体は弱い文体よりも美しい。一体動物の世界で、弱いライオンのはうが強いライオンよりも美しく見えるなどといふことがあるだらうか。強さは弱さよりも佳く、鞏固な意志は優柔不断よりも佳く、独立不羈は甘えよりも佳く、征服者は道化よりも佳い。太宰の文学に接するたびに、その不具者のやうな弱々しい文体に接するたびに、私の感じるのは、強大な世俗的徳目に対してすぐ受難の表情をうかべてみせたこの男の狡猾さである。

　この男には、世俗的なものは、芸術家を傷つけるどころか、芸術家などに一顧も与へないものだといふことが、どうしてもわからなかつた。自分で自分の肌に傷をつけて、訴へて出る人間のやうなところがあつた。被害妄想といふものは、敵の強大さに対する想像力を、強めるどころか、却つて弱めるのだ。想像力を鼓舞するには直視せねばならない。彼の被害妄想は、目前の岩を化物に見せた。だからそいつに頭をぶつければ消えて失くなるものと思つて頭をぶつけ、却つて自分の頭を砕いてしまつた。

ドン・キホーテは作中人物にすぎぬ。セルヴァンテスは、ドン・キホーテではなかつた。どうして日本の或る種の小説家は、作中人物たらんとする奇妙な衝動にかられるのであらうか。〉

相当な憤りである。三島は「葉隠入門三デリカシー」（全集三三）の中で、

〈忠告は無料である。われわれは人に百円の金を貸すのも惜しむかはりに、無料の忠告なら湯水のごとくそそいで惜しまない。しかも忠告が社会生活の潤滑油となることはめつたになく、人の面目をつぶし、人の気力を阻喪させ、恨みをかふことに終はるのが十中八、九である。〉

と言っている。

太宰嫌いの三島への無用の忠告が、火に油を注いだ如くである。

また〈人から臆病と見られることは、彼が臆病になることであり、そして、ほんの小さな言行の瑕瑾が、彼自身の思想を崩壊させてしまふことを警告してゐる。〉（同二十一言行が心を変へる）と書いているように、「葉隠」をバイブルとした三島にとって、「自分で自分の肌に傷をつけて、訴へて出る人間のやうな」太宰治を嫌悪したことは十分に推測に足りる。

※

なお、虚弱体質であった三島がボディ・ビルを始めたのはこの年の九月のことである。

三島は、太宰治に戦後間もないころ一度だけあっている。「私の遍歴時代」（昭和三八年四月、全集三〇）でその時の様子を次のように書いている。

〈　7

多少時間が前後するかもしれないが、太宰治氏とのつかのまの出会も、記録しておかねばならぬ出来事にちがひない。……

太宰治氏は昭和二十一年、すなはち終戦のあくる年の十一月に上京し、さまざまの名短篇を発表してのち、二十二年の夏から「新潮」に「斜陽」を連載しはじめた。……

もちろん私は氏の稀有の才能は認めるが、最初からこれほど私に生理的反撥を感じさせた作家もめづらしいのは、あるひは愛憎の法則によつて、氏は私のもつとも隠したがつてゐた部分を故意に露出する型の作家であつたためかもしれない。……

8

太宰氏を訪ねた季節の記憶も、今は定かではないけれど、「斜陽」の連載がをはつた頃といへば、秋でなかつたかと思はれる。（編者註・連載は二二年七月から同一〇月。三島二二歳、太宰三八歳のときである。なお、太宰は翌年に入水心中している。）……

私は来る道々、どうしてもそれだけは口に出して言はうと心に決めてゐた一言を、いつ言つてしまはうかと隙を窺つてゐた。それを言はなければ、自分がここへ来た意味もなく、自分の文学上の生き方も、これを限りに見失はれるにちがひない。

しかし恥かしいことに、それを私は、かなり不得要領な、ニヤニヤしながらの口調で、言つたやうに思ふ。即ち、私は自分のすぐ目の前にゐる実物の太宰氏へかう言つた。

「僕は太宰さんの文学はきらひなんです」

その瞬間、氏はふつと私の顔を見つめ、軽く身を引き、虚をつかれたやうな表情をした。しかしたちまち体を崩すと、半ば亀井氏（編者註・亀井勝一郎）のはうへ向いて、誰へ言ふともなく、

「そんなことを言つたつて、かうして来てるんだから、やつぱり好きなんだよな。なあ、やつぱり好きなんだ」

――これで、私の太宰氏に関する記憶は急に途切れる。気まづくなつて、そのまま匆々に辞去したせゐもあるが、太宰氏の顔は、あの戦後の闇の奥から、急に私の目前に近づいて、又たちまち、闇の中へしりぞいてゆく。その打ちひしがれたやうな顔、そのキリスト気取りの顔、

あらゆる意味で、「典型的」であつたその顔は、ふたたび、二度と私の前にあらはれずに消えてゆく。

私もそのころの太宰氏と同年配になつた今、決して私自身の青年の客気を悔いはせぬが、そのとき、氏が初対面の青年から、

「あなたの文学はきらひです」

と面と向つて言はれた心持は察しがつく。私自身も、何度かさういふ目に会ふやうになつたからである。

思ひがけない場所で、思ひがけない時に、一人の未知の青年が近づいてきて、口は微笑に歪め、顔は緊張のために蒼ざめ、自分の誠実さの証明の機会をのがさぬために、突如として、「あなたの文学はきらひです。大きらひです」と言ふのに会ふことがある。かういふ文学上の刺客に会ふのは、文学者の宿命のやうなものだ。もちろん私はこんな青年を愛さない。こんな青臭さの全部をゆるさない。私は大人つぽく笑つてすりぬけるか、きこえないふりをするだらう。

ただ、私と太宰氏のちがひは、ひいては二人の文学のちがひは、私は金輪際、「かうして来てるんだから、好きなんだ」などとは言はないだらうことである。〉

（平成二八年八月二四日）

芥川龍之介

三島由紀夫は芥川龍之介について次のように書いている。三島二十九歳の時である。

〈私は弱いものがきらひである。これは私の肉体が尪弱《わうじやく》であるせゐかはしらないが、さうとばかりは云へまい。何故なら、肉体の弱さに対しては私自身に対すると同様寛容で、逆に異常な肉体的精力に対して反感を催ほすはうであるが、心の弱さだけは、ゆるすことができないのである。これも、もしかしたら、私自身と関係のあることかもしれない。私は自分のことをさう思ひたくないが、あるひは私の心は、小羊のごとく、小鳩のごとく、いうにやさしく、傷つきやすく、涙もろく、抒情的で、感傷的なのかもしれない。それで心の弱い人を見ると、自分もさうなるかもしれないといふ恐怖を感じ、自戒の心が嫌悪に変るのかもしれない。しかし厄介なことは、私のかうした自戒が、いつか私自身の一種の道徳的傾向にまでなつてしまつたことである。私は無意識の底で偽善を犯してゐるのかもしれない。しかし目下のところ、私は感傷家を軽蔑し、剛毅を唯一の徳目と考へ、「人間はみんな弱いものさ」なんぞといふ思想を、唾棄すべきものと考へてゐるのである。

私は自殺をする人間がきらひである。自殺にも一種の勇気を要するし、私自身も自殺を考へた経験があり、自殺を敢行しなかつたのは単に私の怯懦からだとは思つてゐるが、自殺する文学者といふものを、どうも尊敬できない。武士には武士の徳目があつて、切腹やその他の自決は、かれらの道徳律の内部にあつては、作戦や突撃や一騎打と同一線上にある行為の一種にすぎない。だから私は、武士の自殺といふものはみとめる。しかし文学者の自殺はみとめない。日々の製作の労苦や喜びを、作家の行為とするなら、自殺は決してその同一線上にある行為ではあるまい。行為の範疇がちがつてゐる。病気や発狂などの他動的な力が、突然作家の生活におそひかかつて、後になつて、彼の芸術の象徴的な意味を帯びるのとは話がちがふ。自殺と芸術とは、病気と医薬のやうな対立的なものなのだ。医薬がもし利かなくて病気が治せなかつたといふなら、それは医薬がわるかつたのだ。これは少くとも、患者の心理でなくても、医師の確信であるべきである。自殺と芸術といふ二つの命題を抱へたとき、われわれはなるほど患者であり、同時に医師であらう。しかし問題はわれわれの確信をどちらに置くかである。不治の病といふものを医師としてみとめるべきか？

……

私はしつこくは言ふまい。芥川は自殺が好きだつたから、自殺したのだ。私がさういふ生き方をきらひであつても、何も人の生き方に咎め立てする権利はない。（編者註・芥川は昭和二年に服毒自

殺をした。享年三十五歳）

芥川の短編小説のいくつかは、古典として日本文学に立派に残るものである。かういふ作家の告白的作品を重視して、晩年の作品にばかり高い評価を与へるのは、評伝作者の恣意にすぎない。どれがもつとも巧みに作られた物語かを選ぶべきだ。

私はそこで、「秋山図」や、「舞踏会」や、「手巾」を選ぶ。「手巾」は短編小説の極意である。上田秋成のやうな人間の五欲と人間嫌悪の強烈な作家が書いた短編集「雨月物語」は、時代をへだてて、おのれの資質に反して真摯誠実に生きようとした心弱い鬼才の短編集と、文学史上、面白い対照をなすであらう。〉

（「芥川龍之介について」昭和二九年一二月、全集二六）

※

芥川の長男比呂志（俳優・演出家）は三島と同世代（大正九年生）で交流があり、「邯鄲」、「葵の上」、「黒蜥蜴」等三島の戯曲の主演や演出を数多く手がけた。また三島は昭和二八年、芥川の小説「地獄変」をもとにして同名で歌舞伎戯曲化している。（「地獄変」、全集二一）。三男也寸志（大正一四年生）は作曲家で、映画化された「地獄変」の作曲を担当している。

なお三島は、昭和四十一年から昭和四十五年まで芥川賞の選考委員をつとめた。

川端康成

川端康成は三島由紀夫の師であり、日本人初のノーベル文学賞の受賞者である。川端の評価を得て戦後の文壇にデビューした三島は、川端文学について次のように語る。

〈川端文学の美は、曰く言ひがたし、といふところにあります。それは目にはつきり映る、彫刻的な立体的な美ではありません。また宗達のやうな、明晰な装飾派の絵画美でもありません。「山の音」といふ小説の題がよく暗示してゐるやうに、音のする筈のない山が音を立てる、あいまい模糊とした、神秘的な、しかも神経と理知がきしみ合ひ、感覚と官能が刺し合ふやうな、もののあやめのはつきりしない世界の、言ひがたい魅惑的な美しさです。

日本の伝統の中では、氏の文学は、藤原定家の歌風にいちばんよく似てゐるかもしれません。それは――殊に後期の作品において定家のいはゆる「幽玄」の美に達してゐるのです。能楽では、幽玄と花はほとんど同義語なのです。そこでは、少女のいかにも仕合せさうな清らかなほほゑみと、死体の冷たい美しさが、同じ源に出てゐます。「冷艶」といふ言葉が川端文学を形容するに一番だと思はれますが、ゆくりなくも、氏の代表作の名は「雪国」であります。

しかし、氏の作風は、必ずしも、きびしい究理的な抑圧的な北方的作風ではありません。「イタリアの歌」といふ短編にも見られるやうに、明るい南欧の生命の賛歌へのあこがれがあります。氏にとつては実に生へのあこがれと、死や氷の美しさとが、同じ場所にあるのです。その文学の美は、手に触れて温かく生動してゐると思ふと、実はそれは禽獣であつて、手に冷たく触れて死んでゐるかと思ふと、実はそれが生きてゐる人間であつたりする、怖ろしい奇術に充ちてゐます。氏はさまざまなジャンルに筆を触れられましたけれども、少女小説にさへ凄い好色性が漲り、もつとも難解な純文学作品にさへ、児女の情がやさしく放任されてゐます。氏の生き方について私はいつも「無為にして化する」といふ言葉を思ひ浮べるのですが、美についてもさうです。

氏は美を愛しますが、美の実現のために策を弄したりはしません。美の創出のために徒らに己れに恃んだりはしません。美は「致し方なく」、いはばリラクタントに、氏の筆を通じて現出するのです。

にじみ出す美、墨がよく和紙になじんで美しくにじむやうな美、それを川端文学の美と呼んだらよいかもしれません。〉

（「川端文学の美―冷艶」昭和四四年四月、全集三四）

※

昭和四十三年十月十七日、数年来共に候補として名前が上がっていた川端に、ノーベル文学賞受賞の発表がなされた。以下は翌日の毎日新聞への寄稿文である。

〈川端康成氏の受賞は、日本の誇りであり、日本文学の名誉である。これにまさる慶びはない。

川端氏は日本文学のもつとももあえかな、もつとも幽玄な伝統を受けつぎつつ、一方つねにこの危い近代化をいそいできた国の精神の危機の先端を歩いて来られた。その白刃渡りのやうな緊迫した精神史は、いつもなよやかな繊細な文体に包まれ、氏の近代の絶望は、かならず古典的な美の静謐に融かし込まれてゐた。ノーベル文学賞が、氏の完璧な作品の制作と、その内面の葛藤との、文学者としてのもつとも真摯な戦ひに与へられたことの意義はまことに大きい。それはひとり川端氏のみでなく、千数百年にわたる日本の文学伝統と、同時に、日本の近代文学者の苦闘に対して与へられたものと感じられるからである。

私個人の感懐を言はせてもらふと、終戦後間もなく川端氏に親炙してから、二十数年のお付合になるわけで、あからさまに師と呼ばなくても、心に師と呼んできた文学者は氏御一人であり、私事ながら結婚の仲人までやつていただいたので、身内としての喜びも一しほである。その永いお付合の間、私はただの一度も、師からお叱言をいただいたこともなく、忠告を受けたこともない。これは別に私のお行儀がよかつたからではなく、氏が透徹したむしろ鳥瞰的な人間観の持主で、世俗の忠告などの無意味なお節介が、人間に対する真の愛情ではないことを知つてをられたからに他ならない。

……

私のみならず、すべての日本人のねがひもさうであらうと思ふが、氏がこの受賞を機に、ますます老木《おいぎ》の花を咲かされ、かつて富岡鉄斎がさうであつたやうに、東洋独特の絢爛たる長寿の芸術を花咲かせられることを祈つてやまない。

――十七日夜記――

（「長寿の芸術の花を――川端氏の受賞によせて」、全集三三）

※

ノーベル賞の発表は、今と同じなら日本時間夕方六時である。自分が受賞するかもしれなかった三島は、極めて短時間のうちにこのお祝いの文章をまとめ上げたことになる。

昭和四十六年一月二十四日、築地本願寺で行われた三島の葬儀の葬儀委員長を務めた川端康成はその翌年四月、三島のあとを追うように七十三歳の生涯を自ら閉じた。本願寺での葬儀に参列した編者は、茫然と虚空を見つめているかのような氏の表情を記憶している。

（平成二八年八月二七日）

其の九「わが育児論」──結婚・育児・教育について

（1）

三島由紀夫は結婚についてどのように考えていたのだろうか。

「見合ひ結婚のすすめ」（昭和三八年一一月、全集三二）で次のように述べる。

〈見合ひ結婚は日本の特産物のやうに言はれてゐるが、外国の上流社交界でも、名家の令嬢は、デビュタントとして、少女時代に社交界にお披露目をし、いはばつり合つた縁の若い男女ばかりの生簀に放たれる。

その中を泳がせておけば、どんな相手と恋愛しようと、はじめから上流社交界のリストにのつてゐる相手ばかりで、いはば複数のお見合ひをするのも同様である。

また、親の決めたお婿さんと、顔も知らずに結婚させられるなどといふ例は、日本に限らず、外国でも、一昔前にはふんだんにあつた事例である。

見合い結婚も、戦前のように、いつたん、見合ひをしたら、女のはうからは絶対に断われないとか、上役の世話をしてくれた見合ひだから、義理で断われないとか、いふやうなことなら困るが、今日は、見合ひでも双方の自由意思が十分尊重されるのが常識であり、断わられたはうもサッパリしてゐるのがふつうである。

これは、いはば修正資本主義のやうなもので見合ひ結婚にも、恋愛結婚の原理が一部分とり入れられた形であり、「婚姻は両性の合意のみに基づいて成立する」といふ、新憲法二十四条の精神が普及してゐる。……

恋愛といつても、大都会でこそ、偶然の出会ひによる珍妙な一組も成立するが、その大都会でも、多くの恋愛は、職場などの小さな地域社会から生まれる。浮気のチャンスはころがつてゐても、恋愛のチャンスはどこにでもころがつてゐるわけではない。無限の選択の可能性があるわけではない。みんな要するに、何かの形の生簀の中を泳いでゐて、同じ生簀の魚と恋してゐるにすぎないのである。

外国の社交界ともまたちがつた、日本独特の見合ひ結婚の利点は、なまじつかな恋愛結婚より、選択の範囲がかへつてひろいといふことである。だれかの口ききで、いろんな職業、いろんな地域の相手とも、見合ひにまで進むことができる。……

結婚生活を何年かやれば、だれにもわかることだが、夫婦の生活程度や教養の程度の近似といふことは、結婚生活のかなり大事な要素である。性格の相違などといふ文句は、実は、それまでの夫婦各自の生活史のちがひにすぎぬことが多い。

見合ひ結婚といふせつかくの日本特産物を、失はないやうにすることが、結局これからの若い人たちのしあはせであらうと思ふ。〉

三島は昭和三十三年三十三歳の時に結婚した。見合い結婚である。相手は画家杉山寧（一九七四年文化勲章受章）の長女瑤子二十一歳、日本女子大英文科の学生であった。

三島の考えかたは極めて合理的であり、三島の言うように見合い結婚がすたれてしまったことが、今日の晩婚化、ひいては少子化の原因のひとつとなっているのではないだろうか。

三島は結婚後の家庭について、次のような抱負を述べている。

〈とにかく僕たちは、明るく愉快な家庭を築かうとしてゐる。僕は瑤子に、「これまではずつと、夜十二時から朝四時まで仕事をしてきたんだけれども、ここんところでこのシステムを変へようか」と言つたら、「その調子でやつてごらんなさい、調子を合わせるわよ」ナンて言つてゐる。僕の妹は昭和二十年に死んでしまつて、兄弟は、弟と二人だけで寂しい。だから子供はたくさんほしいと、瑤子も僕も希つてゐるけれども、これぱかりは天の配剤である。〉

（「私の見合い結婚」昭和三三年七月、全集補一）

（2）

そして二児の親になったとき、「わが育児論」（昭和四一年四月、全集三二）を書いている。
〈私は今六歳の女児と三歳の男児を持つてゐるが、女児が生れたとき、私は父親の最低限度の教育として、三つの言葉を教へようと骨を折つた。それは、

「こんにちは」

「ありがたう」

「ごめんなさい」

の三つである。「こんにちは」は、「おはやう」「おやすみ」「ごきげんよう」「こんばんは」「さやうなら」等々を含み、要するに日常の挨拶である。

「ありがたう」は、社会生活の要求する最低限度の言葉で、人に何かをしてもらつたとき、人に何かをもらつたとき、必ず言ふべき言葉である。

「ごめんなさい」は、自分があやまちを犯したとき、素直に口をついて出るべき言葉である。

この三つが、大人になつてもスラリと出ない人間は、社会生活の不適格者になる。私は口やかましくこれだけを言ひ、子供たちはどうやら言へるやうになつたが、言はないときは忘れずに寸時を措かずにこちらから催促する。とにかく命令して言はせるのである。

それから、テレビをみんなで眺めながら黙つて食事をするこのごろの悪習慣は、私のもつと

も嫌悪するところであるので、どんな面白い番組があつても、食事中はテレビを消させる。私は一週一回は必ず子供たちと夕食をとるが、多忙な生活で、それ以上食事を共にすることができない。

子供たちの就寝時間は厳格に言ひ、大人の都合で遅寝をさせるやうなことも決してせず、まして子供のわがままで時間をおくらせることもしない。休日といへども、同様である。子供を連れて出れば、必ず、就寝時間三十分前には帰宅する。

子供のつくウソは、卑劣な、人を陥れるやうなウソを除いては、大目に見る。子供のウソは、子供の夢と結びついてゐるからである。……

考へてみれば、私の職業上の利点として、子供に教へてやれるのは、言葉だけだと思ふ。将来、人に感じの悪い印象を与へるやうな応対をしない人間にだけは仕立てたいと思つてゐる。

又一方、私の父は運動ぎらひで、従つて私も幼時運動に縁がなかつたので、私の子供の代からは、運動好きにしてやりたいと思つてゐる。いづれ家内は娘を馬場へ連れて行き、私は息子を剣道場へ連れ行くことにならう。〉

また子供についてこんなことも言っている。

〈赤ん坊のときは、怪物的であつて、あんまり可愛らしくないので、これなら溺愛しないでもすみさうだ、と少し安心した。しかし少し大きくなつてくると、私はそろそろ不安を感じた。これは並々ならぬ可愛いものである。……困つたことになつたものだと私は思つた。それに、子供が可愛くなつてくると、男子として、一か八かの決断を下し、命を捨ててかからねばならぬときに、その決断が鈍り、臆病風を吹かせ、卑怯未練な振舞をするやうになるのではないかといふ恐怖がある。そこまで行かなくても、男が自分の主義を守るために、あらゆる妥協を排さねばならぬとき、子供可愛さのために、妥協を余儀なくされることがあるのではないか、といふ恐怖も起る。〉

（「子供について」昭和三八年三月、全集三〇）

（3）

教育について三島は「生徒を心服させるだけの腕力を――スパルタ教育のおすすめ」（昭和三九年七月、全集三一）で、次のような教育論を述べている。

〈自分の我意に対して、それを否定する力のあることを実感するほど、自我形成に役立つものはない。猿蟹合戦ぢやあるまいし、「伸びろよ、伸びろよ、柿の種」と言つてみたところで、柿は伸びないのである。万人向きのバランスのとれた教育、四方八方へ円満に能力をのばしてゆく教育、などといふものは、単なる抽象的な夢であつて、子どもはそれぞれ未完成で、偏頗な存在である。個性などといふものは、はじめは醜い、ぶざまな恰好をしてゐるものだ。美しい個性を持つた子どもなどどこにも存在しないのである。それが一度たわめられなければ真の個性にならないことも見易い道理で、そのためには、文学書ばかり耽読してゐる子からはむりやりに本をとりあげて、尻をひつぱたいてスポーツをやらせ、スポーツにばかり熱中してゐる子は、襟髪をつかんで図書館へぶち込み、強制的に本を読ませるやうにすべきである。

かういふ強制力は、こまかい校則によつて規定することはもちろん、罰則のない法規もないのであるから、妥当な罰則を設け、かつこの規則を実施する能力としては、先生にも、生徒を心服させるだけの腕力が要求される。生徒の闇討ちをおそれて屈服するやうな先生には、先生の資格がないので、生徒はめつたに先生の知力なんかには心服しないものである。さういふのは新制大学のころから、学生に知的虚栄心が目ざめて来てからの問題であつて、大学教育といふものは、もつぱら知識の授受に尽き、もはや教育と呼ぶ必要はない。……

暗い陰惨で辛い生活をとほりぬけて来たといふ自信と誇りを、今の子どもは与へられなさすぎる。「学園」といふ花園みたいな名称も偽善的だが、学校といふところを明るく楽しく、痴呆の天国みたいなイメージに作り変へたのは、大きな失敗であつた。学校といふものには暗いイメージが多少必要なのである。

学校の建物も質素で汚ならしいことが必要で、何だつてこのごろの学校は、高級アパートみたいな外見をとりたがるのかわからない。冷暖房装置などは以てのほかで、少なくとも中学校以上は、暖房装置も撤去すべきである。かじかんだ手でノートをとるといふあのストイックな向学心の思ひ出を、これからの子どもはもう持たなくなるのではないか。……

最後に、まじめな私見をいふと、硬教育の復活もさることながら、現代の教育で絶対に間違つてゐることが一つある。それは古典主義教育の完全放棄である。古典の暗誦は、決して捨ててはならない教育の根本であるのに、戦後の教育はそれを捨ててしまつた。ヨーロッパでもアメリカでも、古典の暗誦だけはちやんとやつてゐる。これだけは、どうでもかうでも、即刻復活すべし。〉

※

学童保育をやっている編者の知人から最近聞いた話であるが、何かをやりたくない子供にやらせることは強制であり、子どもの人権を無視することになるので絶対にやってはいけない、あくまで説得をしなければならないのだそうである。九九ができようができまいがお構いなしらしい。できるできないは子供の自由なのだそうである。もはや教育は存在しないも同然、世も末である。このような教育の現状を聞いたなら三島はなんと言ったであろうか。尤もそんな日本の行く末を見通し絶望していたのであるが……。

（4）

事件の一週間前の十一月十八日、古林尚との対談で次のように語っている。

〈明治維新のときは、次々に志士たちが死にましたよね。あのころの人間は単細胞だから、あるひは貧乏だから、あるひは武士だから、それで死んだんだといふ考へは、ぼくは嫌ひなんです。どんな時代だつて、どんな階級に属してゐたつて、人間は命が惜しいですよ。それが人間の本来の姿でせう。命の惜しくない人間がこの世の中にゐるとはぼくは思ひませんね。だけど、男にはそこをふりきつて、あへて命を捨てる覚悟も必要なんです。〉

（「三島由紀夫最後の言葉」、全集補一）

蹶起した楯の会会員四人と車で市ヶ谷の自衛隊へ向かう途中、長女紀子（学習院初等科五年生、十一歳）の通う校舎の近くの手前に一時停車して、三島は『わが母校の前を通るわけか。俺の子供も現在この時間にここに来て授業をうけている最中なんだよ』と言ったという。また、十二日前の十三日には瑤子夫人と二人で長男威一郎（御茶ノ水女子大付属小学校二年生、八歳）の授業参観に行き、校長と息子のことで三時間余り懇談したという（「三島由紀夫の生涯」安藤武、夏目書房）。帽子を目深にかぶって泣いている制服姿の威一郎の写真が残されおり、今でもあわれをさそわずにはいられない。瑤子夫人は三島の一回り下の三十三才であった。

（平成二八年九月二日）

其の十「アポロの杯」

三島由紀夫は生涯八度の外国旅行を行っている。訪れた国はアメリカ、中南米、ヨーロッパ、東南アジアの諸国二十数か国に及び、総旅程は五百八十四日にのぼる。「アポロの杯」「旅の絵本」等、多くの紀行文を残しており、八度の海外旅行は三島の文学、思想、行動に大きな影響を与えた。

最初の旅行は、昭和二十六年十二月二十五日から二十七年五月十日までの百八十八日間世界一周である。サン・フランシスコ講和条約の締結は二十六年九月、発効は翌年四月で未だ占領下である。一ドルは三六〇円の固定相場で（昭和四十六年まで続く）、普通では旅券を取得するのも外貨を手に入れるのも困難な時期であった。「朝日新聞特別通信員」の資格で実現したものである。（「三島由紀夫の生涯」（安藤武、夏目書房）、『三島由紀夫の世界』（村松剛、新潮社））

※

アメリカからブラジルを経てヨーロッパへ渡る。そして、ギリシャである。

〈アテネ及びデルフィ

アテネ　　　　四月二十四日―二十六日

希臘は私の眷恋の地である。

飛行機がイオニア海からコリント運河の上空に達したとき、日没は希臘の山々に映え、西空に黄金にかがやく希臘の胃のやうな夕雲を見た。私は希臘の名を呼んだ。その名はかつて女出入りにあがきのとれなくなつてゐたバイロン卿を戦場にみちびき、希臘のミザントロープ、ヘルデルリーンの詩想をはぐくみ、スタンダールの小説「アルマンス」中の人物、いまはのきはのオクターヴに勇気を与へたのである。

飛行機から都心へむかふバスの窓に、私は夜間照明に照らし出されたアクロポリスを見た。今、私は希臘にゐる。私は無上の幸に酔つてゐる。よしホテルの予約を怠つたためにうす汚ない三流ホテルに放り込まれてゐる身の上であらうとも、インフレーションのために一流の店の食事が七万ドラグマを要しようとも。今この町におそらく只一人の日本人として暮す孤独に置かれようとも。希臘語は一語も解せず商店の看板でさへ読み兼ねようとも。

私は自分の筆が躍るに任せよう。私は今日つひにアクロポリスを見た！　パルテノンを見た！　ゼウスの宮居を見た！　巴里で経済的窮境に置かれ、（編者注・旅行者用小切手の盗難に遭ったこと。幸い再発行してもらえた）希臘行を断念しかかつて居たころのこと、それらは私の夢にしばしば現はれた。かういふ事情に免じて、しばらくの間、私の筆が躍るのを恕してもらひたい。
空の絶妙の青さは廃墟にとつて必須のものである。もしパルテノンの円柱のあひだにこの空の代りに北欧のどんよりした空を置いてみれば、効果はおそらく半減するだらう。あまりその効果が著しいので、かうした青空は、廃墟のために予め用意され、その残酷な青い静謐は、トルコの軍隊によつて破壊された神殿の運命を、予見してゐたかのやうにさへ思はれる。かういふ空想は理由のないことではない。たとへば、ディオニューソス劇場を見るがいい。そこではソフォクレースやエウリピデースの悲劇がしばしば演ぜられ、その悲劇の滅尽争（vernichteter Kampf）を、同じ青空が黙然と見戍つてゐたのである。〉
（「アポロの杯」昭和二七年七月、全集二六）

この後しばらくアテネ礼賛が続く。「ギリシャ熱の絶頂に達した」（「潮騒」のこと、昭和三一年九月、全集二七）三島は帰国後、古代ギリシャの恋愛物語「ダフニスとクロエ」を藍本とした「潮騒」を書いた。

※

昭和二十九年六月に刊行されベストセラーとなり、三島の代表作の一つとなった。

最後の旅は、昭和四十二年九月二十六日から十月二十三日の約一ヶ月、インドからタイ、ラオスを回つた。インド政府の招待であったが、「豊饒の海・第三巻、暁の寺」の取材も兼ねた旅行であった。瑤子夫人同伴である。インドは二度目であり三島に強烈な印象を残した。「インド通信」(昭和四二年一〇月、全集三三)で次のように述べる。

〈インドではすべてがあからさまだ。すべてが呈示され、すべてが人に、それに「直面する」ことを強ひる。生も死も、そしてあの有名な貧困も。……

インドは世界一の美人国かも知れない。「かもしれない」といふのは譲歩した言ひ方で、私の主観からすれば、世界一の美人国にまちがひがない。鄙にも稀な、と日本では言ふが、都鄙を問はず、この世のものとも思はれぬ優雅な美女に出会ふ。「息を呑む美しさ」などといふ形容は、このごろの気の利いた大衆作家なら、もう使はない表現だが、ホテルのロビーや、社交界の人たちの集まる劇場や、あるひはオールド・デリーの汚ない小路や、牛車の上にさへ、時折、千夜一夜物語のあの誇張した表現も決して誇張ではない、深潭のやうな目をした絶世の美女を見ることが稀ではない。

ボンベイで見たインド舞踊の一人の娘などは、そのまま日本に連れて帰りたいやうで、私はゲエテの「東方詩集」の抒情を思ひ出した。

サリーからあらはれた長い細いエレガントな腕の美しさ、一瞬の手足の動きに逆行した瞳の動きのまばゆさ、一歩の前進の間に、いそいで首を横へ向けて戻す余計な動きがはさまれると、その肢体は、厳密な規制と蝶の気まぐれとを、刹那のうちに同時に呈示する。又、ホテルのひろいロビーへ、空いろ一色のサリーの女がしずしずとあらはれる時など、私にはアスパシアといふのは、かういふ女ではなかつたかと空想された。

……こんな風に、人はインドで、ただちに「生」に直面する。人は決してそれを避けることはできない。

次に人は、否応なしに「死」に直面する。

聖なる河ガンジスが、みごとな三日月形をゑがく西岸が、聖地ベナレスの水浴の場所であるが、ここではあらゆる罪を清める水浴が、敬虔なヒンズー教徒によつて、殊に日の出の時刻に熱心に行はれ、対岸にのぼる朝日を拝する人々の姿が見られるが、そのすぐ傍らでは、死ねばたちまち五大（空気・土・水・火・エーテル）へかへつてのち転生するヒンズーの信仰によつて、昼夜絶えぬ火の上であからさまに火葬が行はれ、灰は一ヶ所に集められて、川へ流されてゐる。

三歳以下の幼児の死体は焼かれずに、川へ沈められる習慣のために、河辺でその重しの石を売つてゐる。……

私はこの国の仏教の衰滅を思ふごとに、洗練されて、哲学的に体系化されて、普遍性を獲得した宗教といふものが、その土地の「自然」の根源的な力から見離されてゆくといふ法則を思はずにはゐられなかつた。

「生」と「死」に直面すると同時に、人はインドで、ごく自然に、あからさまな「貧困」に直面する。

インドの貧困は決してただの経済的問題ではない。それはまた、宗教的、心理的、哲学的問題である。飢ゑても人々は牛を決して食はず、北部インドやボンベイ西岸のヴィシュヌ信仰の菜食主義者は、豊富にとれる魚を口にしようとしないからだ。従つて、かいなでの旅行者にも、これを哲学的、心理的に眺める自由が与へられてゐる。……

もちろん、この国の抱へてゐる問題は多様であり、いづれも解決困難の苦痛に充ちてゐる。文学一つをとつてみても、十五種の言語のなかから、統一的な、ひろい国民的文学を育成することは至難である。さすがタゴール生誕の土地だけあつて、私はベンガル語圏の若い詩人たちの仕事に、簡素な浄化された美しさを見出したが、それとても私が読んだのは、英語を通してであつた。

しかし、この国へ来て感じることは、問題そのものにとつて、解決がすべてではない、といふことだ。問題を解決することが問題を消滅させるといふことだとすれば、インド自体が、本当のところ、そのやうな解決をのぞんでゐないといふことだ。インドでは問題がすべてなのであり、さうなれば問題は一つもないのと同じである。彼らは問題と一緒に何千年住んできた。問題とは「自然」なのだ。ヒンズー教神学における、あのやうな創造と破壊を併せ持つた、豊富で苛烈な自然なのだ。

今のところ、あらゆる面で、インドは出遅れてゐるやうに見える。しかし、これだけの国の、これだけの旧套墨守は只事ではない。インドはふたたび、現代世界の急ぎ足のやみくもな高度の技術化の果てに、新しい精神的価値を与へるべく用意してゐるのかもしれない。ベナレスの水浴場で一心に祈りつつ水浴してゐるアメリカ青年の姿からも、私はそれを感じたのであつた。〉

※

前述のように三島は帰路、タイ、ラオスに寄る。バンコクでは毎日新聞の記者でバンコク特派員であった徳岡孝夫が待ち受けていた。

「作家の三島由紀夫氏はインド旅行の帰途、いま貴地に滞在している。ノーベル賞をとるかもしれない。直ちに会って、受賞に備えた予定談話を送れ。」

との社名を受けたのである。徳岡はそれまでサンデー毎日の記者として、三島に取材の経験があり、面識があった。三島は、仏文化相で作家のアンドレ・マルローらと共に、ノーベル文学賞の有力候補として名前が上がっていた。

徳岡は、バンコクでは『暁の寺』の舞台ともなったワット・アルンの取材に協力するなど交流を深めてゆくこととなり、昭和四十五年十一月二十五日の事件当日、NHK記者の伊達宗克と共に、市ケ谷会館で三島からの私信を受け取ることになるのである。

（徳岡孝夫著『五衰の人』三島由紀夫私記」、文藝春秋）

この旅行から帰って徳岡孝夫のインタビューに応じ、毎日新聞紙上で「インドの印象」（昭和四二年一〇月二一日、全集補一）を語った。

〈――「ヒンズー文明は個性はあるがまとまりに欠ける文明である」といふのが岩村忍氏（京大教授）の定義ですが賛成ですか。

三島　ヒンズーの汎神論は必ずしも多神論ぢやない。神は創造者、保持者、破壊者の三つに分かれてゐる。永遠不変の真理から三つの神格が出てるんですよ。保持者のビシュヌは、人間を滅ぼさうとする悪とたたかふために十変化する。仏陀は、その九番目の変身に過ぎないんです。ビシュヌが十番目の変化《カルキ》をするとき、それは世界が救ひがたい悪に直面するときだ。そのときビシュヌは現在の人間を救へずに世界を再創造する、といふことになつてゐる。カルキで消毒するわけかな（笑）。

そして、ビシュヌ、カリー、シバなどそれぞれの神がインドの各地でそれぞれ地域別に〝専門化〟されて信仰の対象になつてゐる。そして、さうした世界の源流がガンジスで、そのみなもとがヒマラヤだ。人間は、死ねばみなベナレスへ行つて灰になつてガンジスに戻る。さうして転生、輪廻《りんね》をするんです。ヒンズーイズムは、むしろ、まことに明快な世界だと思ひますね。

――日本文化をどう思ひましたか。インドは、いはば日本文化の源流ですが。

三島……日本文化の源流を求めりやみんな天竺へ行つてしまひますね。それは、もう、みんなあすこにあります。

――……あなたのやり方を見てゐると、なにか「上ハ碧落ヲ窮メ下ハ竜泉」といふ感じがします。インドでの感動をふまへて、あなたの世界はますます大きくなるわけですね。

三島……それに源流をたどる気持ちは、ぼくのなかには非常に強くあるわけです。二・二六事件をやれば神風連をやりたくなる。神風連をやれば国学をやる。国学をはじめれば陽明学をやりたくなる。レイモン・ラディゲをやれば「クレーヴの奥方」をやりたくなる。「クレーヴの奥方」を読めばラ・シーヌを読む。ラ・シーヌを読めばギリシャ悲劇に進みたくなる。いつも源流に向ふんです。さういふ点では、こんどインドを見たことは非常に大きかつたといへます。〉

インドを見て向かった源流は一体どこに行き着いたのだろうか。

（平成二八年九月五日）

其の十一「若きサムラヒのために」

ボディ・ビルをはじめてわずか一年で三十年来の劣等感を払拭した三島由紀夫は、精神と肉体についてについて次のように語る。

〈私は思ふのだが、知性には、どうしても、それとバランスをとるだけの量の肉が必要であるらしい。知性を精神といひかへてもいい。精神と肉体は男と女のやうに、美しく和合しなければならないものらしい。

キリスト教があんなにアバラが出て瘦せこけてゐるのは、人間が精神を視覚化するときに、なるたけ肉体的要素を払拭した肉体を想像する傾きがあるからであらう。その反対でバッカス像は必ず肥つてゐる。それは快楽と肉と衝動の象徴だからである。かうした象徴は世間の常識に深く入つてゐる。

肉体的な逞しさと精神美とは絶対に牴触するといふ信念は広く流布してゐる。インドの苦行者のやうな骨だらけの体を、日本人は一種のアジア的感受性から、尊崇する傾きがある。

象徴や、世間の通念はそれでいい。しかし御当人に何が起るかといふ問題である。人間の肉体と精神は、象徴のやうに止つてゐないで、生々流転してゐる。肉体と精神のバランスが崩れると、バランスの勝つたはうが負けたはうをだんだん喰ひつぶして行くのである。瘦せた人間は知的になりすぎ、肥つた人間は衝動的になりすぎる。現代文明の不幸は、悉くこのバランスから起つてゐる。……

近代芸術の短所は、まさにその点にある。知性だけが異常発達を遂げて、肉がそれに伴はないのだ。

肉といふものは、私には知性のはぢらいあるひは謙抑の表現のやうに思はれる。鋭い知性は、鋭ければ鋭いほど、肉でその身を包まなければならないのだ。ゲーテの芸術はその模範的なものである。精神の羞恥心が肉を身にまとはせる、それこそ完全な美しい芸術の定義である。羞恥心のない知性は、羞恥心のない肉体よりも一層醜い。〉

（「ボディ・ビル哲学」昭和三一年九月、全集二七）

また「不道徳教育講座――肉体のはかなさ」（昭和三四年三月、全集二九）では、次のように述べる。

〈……しかし、精神的教養といふものが、すべての男に必要である程度に、肉体的教養は必要であつて、健康な、キリリと締つた肉体を持つことは、社会的礼儀だと考へてゐる。世間は、精神的無教養をきはめた若者たちの暴力ばかりを心配してゐるが、支配層のインテリの肉体的無教養もずいぶんひどいものであります。……

ギリシャ人は実に偉かつた。ギリシャの喜劇詩人エピカルモスは、その「人生四つの願ひ」といふ詩において、その一つは、美しい肉体を享けることであると歌つてゐます。ギリシャ人は美を求める情熱の行きつくところ、必然的に、自己そのものが美の体現者であることを欲した。そのために神にかけて肉体を訓練した。ギリシャのギュムナスティケーは、今の体育理念とはちがつて、美を成就するための一種の宗教的行法であつたといはれてゐます。

スパルタの青年は十日目毎に監督者《エフオロイ》の前で裸になつて見せねばならなかつた。もし少しでも肥満の兆があれば、監督者は一層厳格な摂生を命じました。どんな些細な贅肉をつけてもいけないといふのがピュタゴラスの戒律の一つであつた。身体の欠陥はすべて細心に避けられた。アルキビアデスが若いころ、器量をそこなふのをおそれて笛を習はうとしなかつたといふので、アテネの青年はみなこれに倣つたさうである。……

男の肉体ははかないものである。一文にもならないし、社会的に無価値で、誰にもかへりみられず、孤独で、……せいぜいボディ・ビルのコンテストへ出て、人に面白がられるぐらゐのことしかできない。現代社会では、筋肉といふものは哀れな、道化たものに過ぎない。だからこそ、私は筋肉に精を出してゐるのであります。〉

ここに「肉体的教養」という言葉が現出する。この語には、肉体と精神を等価に考えた三島独特の考え方があらわれている。

三島は終生、肉体と精神について考え語り続けた。「不道徳教育講座」から一〇年後、「若きサムラヒのための精神講話　若きサムラヒのために　肉体について」（昭和四四年七月、全集三三）では次のように述べている。

〈ギリシャでは、肉体それ自体が美と考へられたから、肉体を美しくすることがすなはち人間的、精神的向上と同じこととさへ考へられた。しかし日本では、武道の達人は、武道のそれ自体の技術の練磨が、肉体を美しくすることとは全く関係なしに、直ちに精神的な価値に結びついて考へられた。

宮本武蔵がどういふ肉体をしてゐたかは想像することもできない。彼はただ、異常に深い精神的探究の中から生れた哲学者としての一面と、また武道家としての超人間的な技術との結合体として見られてゐるだけである。その間に介在した彼の肉体はないも同然と考へられてゐたのである。

このやうな日本人の肉体観念が、戦後根本的に変へられていつたのにはアメリカの影響があると思ふ。アメリカの社会は必ずしもギリシャ精神の復興ではないが、極度に肉体主義の社会である。

……

これからますますテレビジョンが発達し、人間像の伝達が目に見えるもので一瞬にしてキャッチされ、それによつて価値が占はれるやうな時代になると、大統領でさへ整形手術をしたり、テレビのメーキャップにうき身をやつすやうになる。これはアメリカの肉体主義の当然の帰結であるが、好むと好まざるとにかかはらず、目に見える印象でそのすべての人間のバリューがきめられてゆくやうな社会は、当然に肉体主義におちいつていかざるを得ないのである。私は、このやうな肉体主義はプラトニズムの堕落であると思ふ。

目に見えるものがたとへ美しくても、それが直ちに精神的な価値を約束するわけではない。ギリシャのことわざに「健全なる精神は健全なる肉体に宿る」といはれてゐるのはギリシャ語の誤訳であつて、「健全なる精神よ、健全なる肉体に宿れかし」といふのが正しい訳のやうである。それといふのも、ギリシャ以来、肉体と精神との齟齬矛盾についての観察が、いつも人々を悩ましてゐたことの証拠である。

肉体主義は肉体を崇拝させると同時に、また肉体を侮蔑させ、売りものにさせるものである。肉体は崇拝の手続を経ずに、美しいものは直ちに売られ、商業主義に泥だらけにされてしまふ。

マリリン・モンローの悲劇は、美しい肉体をそのやうに切り売りにされた一人の女性の生涯の悲劇であつた。

われわれは、いま二つの文化の極端な型のまん中に立つてゐる。われわれの心の中には、日本的な、肉体を侮蔑する精神主義が残つてゐると同時に、一方では、アメリカから輸入されたあさはかな肉体主義が広がつてゐる。そして、人間を判断するのに、そのどちらで判断していいか、人々はいつも迷つてゐる。私は、やはり男といへども完全な肉体を持つことによつて精神を高め、精神の完全性を目ざすことによつて肉体も高めなければならないといふ考へに到達するのが自然ではないかと思ふ。

オスカー・ワイルドが「ドリアン・グレイの肖像」の中で言つた言葉は、当時は卑怯な逆説と思はれたが、いまでは真実である。それはすなはち精神の病を肉体をもつていやし、肉体の病を精神をもつていやす。また、精神の病を官能をもつていやし、官能の病を精神をもつていやすといふ意味のことばである。〉

「不道徳教育講座」のあとがき（昭和四四年三月、全集三四）には、

〈……その鼻持ちならない平和主義的偽善を打破するためには、かういふ軽薄な逆説、多少品の悪い揶揄の精神が必要だつたのである。〉と付け加えている。

また「若きサムラヒのために」のあとがき（昭和四四年七月、全集三四）では、

〈……精神といふものは、あると思へばあり、ないと思へばないやうなもので、誰も現物を見た人はゐない。その存在証明は、あくまで、見えるもの（たとへば肉体）を通して、成就されるのであるから、見えるものを軽視して、精神を発揚するといふ方法は妥当ではない。行為は見える。行為を担ふものは肉体である。従つて、精神の存在証明のためには、行為が要り、行為のためには肉体が要る。かるが《ママ》ゆゑに、肉体を鍛へなければならない、といふのが、私の基本的考へである。〉

　と、肉体と精神のかかわりについて論理的整合性をとり、

〈いづれも「時務の文」であつて、文学とは関係がない。しかし文学者をして敢て「時務の文」を書かしめるのは、今のやうなそして又幕末のやうな、変動し流動する時代の特質なのである。〉

と書いている。

注目すべきは三島の時代認識である。当時を幕末になぞらえている。三島の鋭敏な感覚がそうとらえたのである。昭和四十四年一月、東大全共闘の学生らが安田講堂を占拠し籠城、機動隊と激しい攻防戦を繰り広げた。この年東大の入試は中止された。五月十二日には東大に乗り込んで講演を行い、東大全共闘と激論を戦わした。日本中の大学が荒れに荒れ革命前夜を思わせる状況が続いた。

東大全共闘との討論は、「討論三島由紀夫VS東大全共闘――〈美と共同体と東大闘争〉」として昭和四十四年六月、新潮社より出版された。
「不道徳教育講座」も「若きサムライのために」もどちらも若い人向けに書かれたエッセイであり、本篇ではその中の「精神と肉体」を中心に紹介したが、現代の青年に是非読んでもらいたい著書の一つである。なお両書は文春文庫と角川文庫よりそれぞれ出版されている。

（平成二八年九月八日）

其の十二「雪」

其の一で述べたように、三島由紀夫はすぐれた評論・随筆を数多く残している。その中でもこの「雪」（昭和四四年三月、全集三四）は、雪の降る凍てつく道場で剣道の稽古に励むストイックな雰囲気と雪の神田古書店街のほのぼのとした情景が目に浮かぶようであり、三島のロマンチストとしての一面がよくうかがえる一篇である。

※

〈二月半ばの日曜日に降る雪が私を喜ばせた。剣道の稽古に行く日だからである。剣道の情趣といふものは、むかしから、桜の花の散るころと決つてゐるが、私には春のものうさが気に入らない。剣道には雪がいい。あるひは蝉時雨に包まれた夏の日ざかりがいい。

行くと、雪の暮色に包まれた道場は灯をともしてゐる。紺の稽古着に着かへるときの寒さ。氷るやうな板の間の寒さ。

面をつけると、おのおのの面金《めんがね》の間から、白い息がふつふつと立ち昇る。早く体が熱するやうに、思ひきりあばれて稽古のできる相手を探して、しばらくとびまはる間にも、お互ひの面金から、あたかも温泉町の冬の路傍の溝のやうに、白い煙がわき出るのが見える。次第に体は温まつて来るけれども、足の裏は、寒餅のやうに冷たく白い。体がぬくもるにつれて、足の裏の冷たさが、却つて異物のやうに募つて来る。足踏みをするたびに、高下駄を穿いてゐるやうな気がする。籠手《こて》外れで肘に当つた竹刀の痛さが、霜のやうだ。掛声は、いつもよりも、寒さに抗して大仰になる。そのうちにすこしづつ顔が燃えてくる。相手の胴を抜いた竹刀の、小気味のいい撥音《ばちおと》にすべてを忘れる。そのときはもう、足の裏まで温まつて来てゐるのである。

稽古がすんで、面を脱いで正座して、黙想に移ると、古い道場の四周を占める雪の重たい静けさが、身にひしひしと感じられる。神棚の燈明が、汗のしみ入る目にきらめいて見える。

――私は雪の日の剣道をすみずみまで味はつて満足した。

それと共に去年の大雪の日を思ひ出した。

去年の雪の日は、今年よりも一日早い二月十五日であつた。

私にはその晩おそく、六本木で、写真家の篠山紀信氏に、この間撮つた写真の出来具合を見せてもらふ約束があつた。それは横尾忠則氏の本に載る写真で（実はこの本は一年後の今日にいたるもまだ出てゐない）、私にどれを選ぶかといふ権利が与へられてゐた。それはそれとして、私はその晩、六本木で漫然と一杯呑む理由が出来たのである。

それはどうしても行かねばならぬといふほどの約束ではなかつた。大雪だから、と約束を延引することもできた。しかし、私はさうしなかつた。大雪だつたからである。

その晩、私は水道橋のジムで例のとほりボディ・ビルをやつてから、ややほてつた筋肉に革ジャンパーを引つかけ、神田神保町への道をぶらぶら歩きだした。

靴底にきしむ雪は私を喜ばせた。

居並ぶ古書商はほとんどすでに店を閉め、路上の車の数は異例に少なかつた。チェインを巻かなくては走れぬほどの雪になつてゐたからである。さういふときは、チェインは現金に値上りし、ほとんどチェインを用意してゐない営業車は休むやうになる。

私はひつそりと静まつた町の、息をこらした姿が好きだつた。雪があらゆる人の心を内へ閉ざしたかのやうだつた。けばけばしさは消え失せ、むかしの家族が一せいに燈下によみがへるかのやうだつた。

馴染みの山口書店だけが、まだ店をあけてゐるのを見て、私は雪が敷居にきしむ硝子戸をあけて入つた。主人に招ぜられて、炬燵のある小部屋へ上つた。そして私自身もすつかり忘れてゐる私の戦時中の小さな作品群を見せられた。雪の古本町のまんなかに炬燵がある。それは何だか、白い紙で火を包んでゐるむかしの小さな行燈《あんどん》の中にゐるやうだつた。

時間が来たので、私は立上つた。しかし、タクシーが少ないことを知つてゐる奥さんは、自分が拾つて来るから、それまで待つてゐるやうに、と私を置いて立上つた。ずいぶん久しい時が経つた。雪の中へ出て行つた夫人が気の毒で、私は何度か立上りかけたが、むりに引止められた。

「やつとつかまりました」

と奥さんがコートの肩に雪をとまらせて、(その雪の小さな固まりは、まるで白い文鳥が肩にとまつてゐるかのやうに見えた)、傘をすぼめて入つて来て、私を促した。

とまつたのはタクシーではなかつた。見知らぬ人が運転してゐる車で、六本木なら方角が同じだから、乗せて行つてやる、といふのである。

私は好意を謝して助手台に乗つた。ハワイではよくさういふことがあるが、東京で、厚意で人に車にのせてもらふといふことは、はじめての経験である。

深夜の雪の街路はどこもひろびろと見え、いくつかの汚れた黒い線条が交差してゐるだけで、ほとんど車に会はなかつた。

大都市は急にその無窮動に似たやかましい活動を停止し、何か別のものになつてしまつた。たまたま漏れてゐる灯は遠くから見え、すべてに原野の情緒が漂つてゐた。

「電車も停つてしまつた。東京は機能を停止しましたね」と私は言つた。

「これくらゐの雪でね」と、その三十五、六に見える眼鏡をかけた運転者は、篤実な声で言つた。

「全く信じられませんね。私はもと北海道の自衛隊にゐたのですが、北海道の人にこれを見せたら笑ひますよ」

――六本木のKに着いて、三階へ上ると、篠山氏はすでに来て待つてゐた。彼も約束を破つてもよかつたところだつた。しかし、彼はさうしなかつた。大雪だつたからである。〉

※

このエッセイが書かれた「昭和四十四年の二月半ば」は三島にとってどのような時期であったろうか。ちょうど「楯の会・三期生」の自衛隊での訓練が始まる半月ほど前の頃である。昭和四十四年の二月十五日、楯の会二月例会のときに配布された「楯」（改革をめざす若者の軍団楯の会中央機関誌。犬塚潔著「三島由紀夫と森田必勝」）に、三島は次のように書いている。

「楯の会の決意　　三島由紀夫

いよいよ今年は『楯の会』もすごいことになりさうである。第一会員が九月には百名になる予定、第二、時代の嵐の呼び声がだんだん近くになつてゐることである。自衛隊の羨望の的なるこの典雅な軍服を血で染めて戦う日が来るかもしれない。期して待つべし。そのためには、もう少し、諸君のピリッとしたところが見たい。例会集合時の厳守や、動議・提案に対する活発な反応など。」と、「楯の会の真価は全国民の目前に証明される」（楯の会の会員に対する遺書）
と状況の出来を期待している様子が伺われる。昭和四十五年七月、新聞紙上に、
〈二十五年間に希望を一つ一つ失つて、もはや行き着く先が見えてしまつたやうな今日では、その幾多の希望がいかに空疎で、いかに俗悪で、しかも希望に要したエネルギーがいかに厖大であつたかに唖然とする。これだけのエネルギーを絶望に使つてゐたら、もう少しどうにかなつてゐたのではないか〉
（「私の中の二十五年」、全集三四）
と深い絶望感を表明したが、まだまだ希望が残されていた、というより目的に向けて着々と準備を進めていた。いわば心身ともに充実していた、そういう時であったと思われる。

（平成二八年年九月一〇日）

其の十三「天皇」

（1）

三島由紀夫の天皇観はどのようなものだったのか。

三島は、昭和四十一年十月に発行された林房雄との「対話日本人論」（番町書房）の中で天皇についで次のように云う。

〈しかし、それは一つの観念論として、僕は大嘗祭《おおなめまつり》（編者注・天皇が即位後初めて行う新嘗祭――その年の新穀を以て自ら天照大神及び天神・地祇にすすめ、また、親しくこれを食する祭儀――で、神事で最大のもの）というお祭りが、一番大事だと思うのですがね。あれはやはり、農本主義文化の一つの精華ですね。あそこでもつて、つまり昔の穀物神と同じことで、天皇が生まれ変わられるのですね。そうして天皇というのは、いま見る天皇が、また大嘗祭のときに生まれ変わられて、そうして永久に、最初の天照大神にかえられるのですね。そこからまた再生する。〉

また、事件一週間前の古林尚との対談（「三島由紀夫最後の言葉」、全集補一）では、

〈小泉信三が悪い。とつても悪いよ。あれは悪いやつで大逆臣ですよ。といふのは、いまの

天皇制に危機があるとすれば、それは天皇個人にたいする民衆の人気ですよね。やつぱり、ご立派だつた、あのおかげで戦争がすんだといふ考へ、それに乗つかつてゐる人気ですが、ぼくはそれは天皇制となんら関係ないと思ふんです。ぼくは吉本隆明の「共同幻想論」を筆者の意図とは逆な意味で非常に面白く読んだんだけれど、やつぱり穀物神だからね、天皇といふのは。だから個人的な人格といふのは二次的な問題で、すべてもとの天照大神にたちかへつてゆくべきなんです。今上天皇はいつでも今上天皇です。つまり天皇の御子様が次の天皇になるとかどうとかいふ問題ぢやなくて、大嘗会《だいじやうゑ》と同時にすべては天照大神と直結しちやふんです。〉と述べる。

　伝統的な農本主義的天皇論である。

　また一方、

〈僕の天皇に対するイメージは、西欧化への最後のトリデとしての悲劇意志であり、純粋日本の敗北の宿命への洞察力と、そこから何ものかを汲みとろうとする意志の象徴です。しかるに昭和の天皇制は、内面的にもどんどん西欧化に蝕まれて、ついに二・二六事件をさえ理解しなかったではないか。そのもっとも醇乎たる悲劇意志への共感に達しなかったではないか。「何ものかを汲みとろう」なんて言うとアイマイに思われるでしょうが、僕は維新ということをいっているのです。天皇が最終的に、維新を「承引《うけひ》き」給うということを言っているのです。そのためには、天皇のもっとも重大なお仕事は祭祠であり、非西欧化の最後のトリデとなるつづけることによって、西欧化の腐敗と堕落に対する最大の批評的拠点になり、革新の原理になり給うことです。イギリスのまねなんかなさっては困るのです。〉

（「対話日本人論」）

と、天皇を非西欧化の最後のトリデとしてまた革新の原理としてとらえている。

昨年から天皇の「譲位」という大きな問題が投げかけられ、天皇の役割、仕事のあり方について各方面から様々な意見が述べられているが、三島なら何といったであろうか。

（2）

編者は農本主義者として知られる水戸愛郷塾塾長橘孝三郎の門下生でもあり、橘の畢生の大業である天皇論五部作（神武天皇論、天智天皇論、明治天皇論、皇道文明優越論概説、皇道哲学概論——昭和四三年五月一五日、天皇論刊行会・会長徳川義親）を昭和四十三年夏頃三島に届けた。

橘孝三郎研究会の機関誌「土とま心」第七号（楯の会事件十周年記念号、昭和五五年八月）で、同じく橘の門下生で楯の会一期生で憲法研究会の班長であった編集兼発行人の阿部勉（故人）は、その後記に「橘塾長は三島さんの思想及び楯の会に強く共鳴し、自身の孫の一人をはじめ、門下の六、七名の学生を参加させています。また、門下の一人で楯の会一期生の篠原裕さんを通じ、著書「天皇論」五部作を三島さんに贈り、三島さんの天皇論、殊に大嘗祭の解釈にかなりの影響を与えたことは、あまり知られていない事実です。

三島さんと森田さんの訃報に接した塾長は老身を打ち震わせて感泣したと聞きましたがゆえなしとしません。」と記している。

昭和四十六年正月、愛郷塾に集った門下生を前に、塾長は全身キリもみ状に打ち震わせながら

しきしまのやまと心を人とはば命をすてしまごころの道

と吟じ、滂沱の涙を流した。その姿が瞼にやき付いている。

《編者註・孫の一人とは、塙三郎の二男塙徹治（楯の会五期生、故人）のこと。また門下の一人新堀喜久（元しきしま会副会長、故人）は楯の会の一期生であり、のち塙三郎の長女（徹治の姉）と結婚した。塙三郎は橘の高弟で娘婿、五・一五事件に参加懲役七年の判決を受けた。祖父は日本三大稲荷で知られる笠間稲荷神社の宮司。塙家は代々同社の宮司を司る家柄である。氏は戦後、橘を支えるとともに、四十年間靖国会の事務局長として靖国神社の国家護持運動に挺身した。生粋の水戸っぽであり、若者の面倒をよく見、森田必勝とも交流があった。編者もずいぶんとお世話にな

った。平成十二年八十九歳の生涯を終えた。「霊に生きる」（昭和六二年一月、善本社）の著書がある。》

楯の会の「軍師」であった山本舜勝（当時陸上自衛隊調査学校副校長）の著書「三島由紀夫憂悶の祖国防衛賦」（昭和五五年、日本文芸社）には、昭和四十四年、氏の著書『思想戦に魁《さきがけ》て』に対し三島から伝えられた読後感として「十月六日であったろう、私は三島氏から読後感を伝えられ、感動が消えないうちにと、すぐそのメモをとった。それは、その直前に読了したという、橘孝三郎氏の大著、『神武《マ》天皇《マ》』の読後感も添えられ、私自身いたたまれないほどの過分な評であった。」という記述がみられる。

篠山紀信の写真集「三島由紀夫の家」（平成七年、美術出版社）には、書棚に天皇論五部作の蔵書が確認できる（五冊ではなく七冊が見られる）。

編者は先生に、会員との交流の場であったサロン・ド・クレールで「水戸の（橘）先生は（楯の会のことを）なんて言っている？」と聞かれたことがある。たしか「関心を持っています」と答えたような気がするが、定かではない。

（3）

さて三島は、第一篇で「日本文化の歴史性、統一性、全体性の象徴であり、体現者であられるのが天皇である」と云った。さらに「文化防衛論」(昭和四三年五月、全集三三)の中で、日本文化の特徴は「みやび」であるとし、その源流は天皇であり、「宮廷の文化的精華であるみやび」と民衆文化の結びつきを神話を引きながら次のように論述する。

〈……保存された賢所《けんしょ》の祭祀と御歌所の儀式の裡に、祭司かつ詩人である天皇のお姿は活きてゐる。御歌所の伝承は、詩が帝王によつて主宰され、しかも帝王の個人的才能や教養とほとんどかかはりなく、民衆詩を「みやび」を以て統括するといふ、万葉集以来の文化共同体の存在証明であり、独創は周辺へ追ひやられ、月並は核心に輝いてゐる。民衆詩はみやびに参与することにより、帝王の御製の山頂から一トつづきの裾野につらなることにより、国の文化伝統をただ「見る」だけではなく、創ることによつて参加し、且つその文化的連続性から「見返」されるといふ栄光を与へられる。その主宰者たる現天皇は、あたかも伊勢神宮の式年造営のやうに、今上であらせられると共に原初の天皇なのであつた。大嘗会と新嘗祭の秘儀は、このことをよく伝へてゐる。

……

今もなほわれわれは、「菊と刀」をのこりなく内包する詩形としては、和歌以外のものを持たない。かつて物語が歌の詞書から発展して生れたやうに、歌は日本文学の元素のごときものであり、爾余のジャンルはその敷衍であつて、ひびき合ふ言語の影像の連想作用にもとづく流動的構成は、今にいたるも日本文学の、ほとんど無意識の普遍的手法をなしてゐる。……

みやびの源流が天皇であるといふことは、美的価値の最高度を「みやび」に求める伝統を物語り、左翼の民衆文化論の示唆するところとことなつて、日本の民衆文化は概ね「みやびのまねび」に発してゐる。そして時代時代の日本文化は、みやびを中心とした衛星的な美的原理、「幽玄」「花」「わび」「さび」などを成立せしめたが、この独創的な新生の文化を生む母胎こそ、高貴で月並なみやびの文化であり、文化の反独創性の極、古典主義の極致の秘庫が天皇なのであつた。

……天照大神はかくて、岩戸隠れによつて、美的倫理的批判を行ふが、権力によつて行ふのではない。速須佐之男の命の美的倫理的逸脱は、このやうにして、天照大神の悲しみの自己否定の形で批判されるが、つひに神の宴の、嗚滸業《をこわざ》を演ずる天宇受賣命《あめのうずめのみこと》に対する、文化の哄笑（もつとも卑俗なるもの）によつて融和せしめられる。ここに日本文化の基本的な現象形態が語られてゐる。しかも、速須佐之男の命は、かつては黄泉の母を慕うて、「青山を枯山なす泣き枯す」男神であつた。菊の笑ひと刀の悲しみはすでにこれらの神話に包摂されてゐた。速須佐之男の命は、己れの罪によつて放逐されてのち、英雄となるのであるが、日本における反逆や革命の最終の倫理的根源が、正にその反逆や革命の対象たる日神にあることを、文化は教へられるのである。これこそは八咫鏡《やたのかがみ》の秘儀に他ならない。文化上のいかなる反逆もいかなる卑俗も、つひに「みやび」の中に包括され、そこに文化の全体性がのこりなく示現し、文化概念としての天皇が成立する、といふのが、日本の文化史の大綱である。それは永久に、卑俗をも包含しつつ霞み渡る、高貴と優雅と月並の故郷であつた。〉

（4）

三島は、このような「文化の全体性の統括者としての天皇」は敗戦により危機に瀕し、その存立基盤は極めて危ういものであるとし、

〈菊と刀の栄誉が最終的に帰一する根源が天皇なのであるから、軍事上の栄誉も亦、文化概念としての天皇から与へられなければならない。現行憲法下法理的に可能な方法だと思はれるが、天皇に栄誉大権の実質を回復し、軍の儀仗を受けられることはもちろん、聯隊旗も直接下賜されなければならない。

……時運の赴くところ、象徴天皇制を圧倒的多数を以て支持する国民が、同時に、容共政権の成立を容認するかもしれない。そのときは、代議制民主主義を通じて平和裡に「天皇制下の共産政体」さへ成立しかねないのである。およそ言論の自由の反対概念である共産政権乃至容共政権が、文化の連続性を破壊し、全体性を毀損することは、今さら言ふまでもないが、文化概念としての天皇はこれと共に崩壊して、もっとも狡猾な政治的象徴として利用されるか、あるひは利用されたのちに捨て去られるか、その運命は決まつてゐる。このような事態を防ぐためには、天皇と軍隊を栄誉の絆でつないでおくことが急務なのであり、又、そのほかに確実な防止策はない。もちろん、かうした栄誉大権的内容の復活は、政治概念としての天皇をではなく、文化概念としての天皇の復活を促すものでなくてはならぬ。文化の全体性を代表するこのやうな天皇のみが窮極の価値自体《ヴェルト・アン・ジッヒ》だからであり、天皇が否定され、あるひは全体主義の政治概念に包括されるときこそ、日本の又、日本文化の真の危機だからである。

——昭和四三、五、五——〉

とうったえた。

当時大きな反響を呼んだ「文化防衛論」が書かれたのは、学生を率いて自衛隊で最初の訓練を受けた二ヶ月後である。三島は、この書を表すことによって理論武装をし、「戦後体制」に対し敢然と打って出たのである。

「女系（性）天皇」はくすぶっている。「女系天皇」問題は、皇統護持の問題ではなく、天皇制廃止の政治イデオロギー運動であることは明らかである。そのとき「日本の真姿」は喪われる。

三島が抱いた危機感は、現代において更に増している。

（平成二八年九月一二日）

其の十四「二・二六事件」

（1）

三島由紀夫は、「二・二六事件三部作」――短編小説「憂国」（昭和三六年一月、全集一三）、戯曲「十日の菊」（同年一一月、全集二二）及び「英霊の声」（昭和四一年六月、全集一七）――を表した。

二・二六事件とは、昭和十一年二月二十六日、磯部浅一陸軍青年将校らが「昭和維新・尊王討奸」をスローガンに国家改造を目ざして蹶起したクーデター事件で、この事件により政府要人四名が死亡した。軍事裁判により、青年将校ら十九名が死刑に処せられた。

また三島は、「豊饒の海・第二巻、奔馬」（昭和四二年二月～同四三年八月、全集一八）では財界巨頭を刺殺し自らも自刃する若者を描いている。

三島は、三部作の狙いを「二・二六事件と私」（昭和四一年六月、全集三二）で次のように述べる。

〈……かくて私は、「十日の菊」において、狙はれて生きのびた人間の喜劇的悲惨を描き、「憂国」において、狙はずして自刃した人間の至福と美を描き、前者では生の無際限の生殺しの拷問を、後者では死に接した生の花火のやうな爆発を表現しようと試みた。さらに「英霊の声」では、死後の世界を描いて、狙つて殺された人間の苦患の悲劇をあらはさうと試みた。〉

「英霊の声」での、反逆の徒との汚名を着せられ死刑に処せられた青年将校や殉死した神風特別特攻隊等の英霊たちの、戦後の天皇の「人間宣言」に対して発せられた「などてすめろぎは人間《ひと》となりたまひし」のリフレインに対し、右翼からも三島は不敬ではないかとの非難がよせられたという。

（『三島由紀夫の世界』村松剛、新潮社）

「奔馬」の時代背景は昭和六〜七年であり、「二・二六事件」は昭和十一年である。昭和七年の二〜三月におきた「血盟団事件」（日蓮宗の僧侶井上日昭が茨城県大洗町の護国堂を拠点にして組織した団体が起こした事件で一人一殺により政財界の要人及び特権階級を暗殺して国家改造の端緒を開こうとした。井上準之助前蔵相、三井合名会社理事長団琢磨の二人が暗殺された）、昭和七年五月十五日の「五・一五事件」（三上卓海軍青年将校らが中心となって起こしたクーデター事件で犬養毅首相を射殺。一方、前篇で述べた水戸愛郷塾塾長橘孝三郎及び塾生らが呼応して蹶起、東京周辺の変電所を、又、陸軍士官学校生徒らが警視庁などを襲った。橘は無期懲役の判決を受けた。『五・一五事件―橘孝三郎と愛郷塾の軌跡』（昭和四九年、保坂正康、草思社。現中公文庫に詳しい）と、相次ぐテロ事件が勃発、動乱の時代であった。

（2）

三島はこの時代背景をどのようにとらえていたのか。「奔馬」では次のように書いている。
〈「満洲へ小隊長で行つてゐた人の話ですが、こんな悲惨きはまる話はきいたことがないので、よく憶えてゐます。部下の貧農出の兵卒の父親から、あるとき小隊長宛の手紙が来た。一家は貧に沈んで、飢ゑに泣いてゐる。親孝行の息子に申訳がないが、どうか早く息子を戦死させてもらひたい。その遺族手当をあてにする他に、生活の保証はどこにもない、と書いてあつたさうです。小隊長はさすがにこの手紙を兵卒に見せる勇気がなくて蔵《しま》つておいたが、間もなく息子は首尾よく名誉の戦死を遂げたさうです」

……

翌六年には東北地方や北海道は大凶作に襲はれ、売れるものはみな売り、家も土地もとられて、一家が馬小屋に住み、草の根や団栗《どんぐり》でやうやく飢ゑを凌ぐといふ状態になりました。村役場の前にも、
「娘身売の場合は当相談所へお出下さい」といふ掲示が貼り出され、売られてゆく妹に泣く

泣く別れて出征してゆく兵士はめづらしくなくなりました。
凶作の上に、金解禁下の緊縮財政は、ますます農村へ負担を負はせ、農業恐慌は極点に達し、豊葦原瑞穂の国は、民草が飢ゑに泣く荒地と化したのであります。しかも外地米の輸入で、国中お米があふれてゐるのに、それがますます米価を暴落させ、一方、小作農がふえて、つくつた米の半分は小作料としてとりあげられ、百姓の口に入る米は一粒もなくなつてしまひました。……

これらの窮状をよそに、政治は腐敗の一路を辿り、財閥はドル買などの亡国的行為によつて巨富を積み、国民の塗炭の苦しみにそつぽを向いてをります。いろいろ読書や研究をしました結果、現在の日本をここまでおとしめたのは、政治家の罪ばかりでなく、その政治家を私利私欲のために操つてゐる財閥の首脳に責任があると、深く考へるやうになりました。〉

三島は昭和四十三年十月三日早稲田大学で行われたティーチインで、

「……少なくとも昭和初年には日本の貧困というものは大変なものでした。私が小学校時代にも学校で展覧会がありまして、東北の農村で子供が食べているものというのが出ていました。それはどんぐりですね。どんぐり食べると唖になるなんていうが、さらに藁みたいなものまで煮て食べていた場合もあります。そしてまた当時、二・二六事件が起った背景もそうですが、自分の妹が女郎に売られていく、自分はそれをどうすることもできず、戦争に行かなければならないという悲惨さ。また最も悲惨な例は、満州へ出ているある中隊長のところへ田舎の親父さんから手紙がきて、早く息子を戦死さしてくれ、遺族手当というものがなければ、うちはとても暮していけないと訴えてきたのです。さすがに中隊長もすぐにはその手紙を当の兵隊には見せられないままに、その兵隊は幸か不幸か戦死して、お父さんからは遺族手当をもらったと礼状がきたそうです。こういう悲劇、日本にはそういう貧困が確かにあった。」と自らの経験から語っている。

（「文化防衛論」、新潮社）

想像を絶する貧困である。五・一五、二・二六事件の背景にはこのような悲惨な事実があったのである。

（3）

さて、三島が二・二六事件に関心を持った最大の理由は何であろうか。

「二・二六事件と私」で次のように述べる。

〈……たしかに二・二六事件の挫折によつて、何か偉大な神が死んだのだつた。当時十一歳の少年であつた私には、それはおぼろげに感じられただけだつたが、二十歳の多感な年齢に敗戦に際会したとき、私はその折の神の死の怖ろしい残酷な実感が、十一歳の少年時代に直感したものと、どこかで密接につながつてゐるらしいのを感じた。それがどうつながつてゐるのか、私には久しくわからなかつたが、「十日の菊」や「憂国」を私に書かせた衝動のうちに、その黒い影はちらりと姿を現はし、又、定かならぬ形のままに消えて行つた。

それを二・二六事件の陰画とすれば、少年時代から私のうちに育くまれた陽画は、蹶起将校たちの英雄的形姿であつた。その純一無垢、その果敢、その若さ、その死、すべてが神話的英雄の原型に叶つてをり、彼らの挫折と死とが、かれらを言葉の真の意味におけるヒーローにしてゐた。〉

続いて三島は二・二六事件の悲劇の本質を次のように述べる。

〈北一輝（編者註・蹶起した青年将校達の理論的指導者として逮捕され、軍法会議で死刑判決を受けた。三島は、北は青年将校に裏切られ軍部の罠にはまって逮捕されたが一言も弁解を言はず、自分らが青年を思想的に感化した以上一緒に死ぬのは当然です、と言って刑死したと云う――「北一輝論」昭和四四年七月、全集三四）の思想が、否定に次ぐ否定、あの熱つぽい否定の台風によつて青年の心をとらへたことは、想像に難くないが、二・二六事件の蹶起将校は、北一輝の国体観とだけは相容れぬものを感じてゐた。幼年学校以来、「君の御馬前に死ぬ」といふ矜りと国体観は一体をなしてゐたにかかはらず、北一輝は、スコラ哲学化した国体論を一切否定し、天皇を家長と呼び民を「天皇の赤子」と呼ぶやうな論法を自殺論法と貶し、君臣一家論を大逆無道の道鏡の論理となし、このやうな国体論中の天皇を、東洋の土人部落の土偶に喩へてゐたからである。

二・二六事件の悲劇は、方式として北一輝を採用しつつ、理念として国体を戴いた、その折衷性にあった。挫折の真の原因がここにあつたといふことは、同時に、彼らの挫折の真の美しさを語るものである。この矛盾と自己撞着のうちに、彼らはつひに、自己のうちの最高最美のものを汚しえなかつたからである。それを汚してゐれば、あるひは多少の成功を見たかもしれないが、何物にもまして大切な純潔のために、彼らは自らの手で自らを滅ぼした。この純潔こそ、彼らの信じた国体なのである。

そして国体とは？　私は当時の国体論のいくつかに目をとほしたが、曖昧模糊としてつかみがたく、北一輝の国体論否定にもそれなりの理由があるのを知りつつ、一方、「国体」そのものは、誰の心にも、明々白々炳乎《へいこ》として在つた、といふ逆説的現象に興味を抱いた。思ふに、一億国民の心の一つ一つに国体があり、国体は一億種あるのである。軍人には軍人の国体があり、それが軍人精神と呼ばれ、二・二六事件蹶起将校の「国体」とは、この軍人精神の純粋培養されたものであつた。そして、万世一系の天皇は同時に八百万《やほよろづ》の神を兼ねさせたまひ、上御一人のお姿は一億人の相ことなるお姿を現じ、一にして多、多にして一、……しかも誰の目にも明々白々のものだつたのである。

この明々白々のものが、何ものかの手で曇らされ覆はれてゐると感じれば、忽ち剣を執つて、これを討ち、明澄と純潔を回復しようと思ふのは、当り前のことである。二・二六事件将校にとつて、統帥大権の問題は、軍人精神をとほしてみた国体の核心であり、これを干犯する（と考へられた）者を討つことこそ、大御心に叶ふ所以だと信じてゐた。しかもそれは、大御心に叶はなかつたのみならず、干犯者に恰好な口実を与へ、身自ら「叛軍」の汚名を蒙らねばならなかつた。

文学的意欲とは別に、かくも永く私を支配してきた真のヒーローたちの霊を慰め、その汚辱を雪《そそ》ぎ、その復権を試みようといふ思ひはたしかに私の裡に底流してゐた。しかし、その絲を手繰つてゆくと、私はどうしても天皇の「人間宣言」に引つかかざるをえなかつた。

昭和の歴史は敗戦によって完全に前記後期に分けられたが、そこを連続して生きてきた私には、自分の連続性の根拠と、論理的一貫性の根拠を、どうしても探り出さなければならない欲求が生れてきてゐた。これは文士たると否とを問はず、生の自然な欲求と思はれる。そのとき、どうしても引つかかるのは、「象徴」として天皇を規定した新憲法よりも、天皇御自身の、この「人間宣言」であり、この疑問はおのづから、二・二六事件まで、一すぢの影を投げ、影を辿つて「英霊の声」を書かずにはゐられない地点へ、私自身を追ひ込んだ。自ら「美学」と称するのも滑稽だが、私は私のエステティックを掘り下げるにつれ、その底に天皇制の岩盤がわだかまつてゐることを知らねばならなかつた。それをいつまでも回避してゐるわけには行かぬのである。

「木戸幸一日記」昭和二十年九月二十九日の項には、天皇をあたかもファシズムの指導者であつたかの如く邪推する米国側の論調に対して、陛下御自身次のごとく仰せられたことが誌されてゐる。

「其際、〔天皇は〕自分が恰もファシズムを信奉するが如く思はるることが、最も堪へがたきところなり。実際余りに立憲的に処置し来りし為めに如斯事態となりたりとも云ふべく、戦争の途中に於て今少し陛下は進んでご命令ありたしとの希望を聞かざるには非ざりしも、務めて立憲的に運用したる積りなり」（傍点三島）

私が傍点を付したこの箇所はもちろんこの文章の主旨ではなく、陛下が立憲君主として一切逸脱せず振舞はれたといふことが主旨である。しかしこの傍点の箇所に、私は、天皇御自身が、あらゆる天皇制近代化・西欧化の試みに対する、深い悲劇的な御反省の吐息を漏らされたやうにも感じるのである。日本にとつて近代的立憲君主制は真に可能であつたのか？……あの西欧派の重臣たちと、若いむかう見ずの青年将校たちと、どちらが窮極的に正しかつたのか？世俗の西欧化には完全に成功したかに見える日本が、「神聖」の西欧化には、これから先も成功することがあるであらうか？

※

「英霊の声」は能の修羅物の様式を借り、おほむね二場六段の構成を持つてゐる。次の如きが、修羅物の典型的形式で、

第一場―序の段（ワキ登場）
　破の段（シテ登場・問答）
　急の段（上歌《あげうた》などでシテ中入《なかいり》）
第二場―序の段（ワキ待謡《まちうたひ》）
　破の段（後《のち》ジテ登場・クセ・カケリ）
　急の段（修羅の苦患《くげん》を訴へて、切《きり》）

小説では、木村先生がワキの僧、川崎君がワキヅレ、二・二六青年将校が前ジテ、特攻隊員が後ジテで、この特攻隊の攻撃がカケリを見せ、そのあと切《きり》までが苦患を訴へる急の段に該当するが、地謡が合唱を受け持つ心持になつてをり、いはば典型的なカケリ物である。〉

※

（4）

また、「道義的革命の論理」――磯部一等主計の遺稿について（昭和四二年三月、全集三二）では次のように云う。

〈……二・二六事件はもともと、希望による維新であり、期待による蹶起だつた。といふのは義憤は経過しても絶望は経過しない革命であるといふ意味と共に、蹶起ののちも「大御心に待つ」ことに重きを置いた革命であるといふ意味である。

……

私は、少くともこれが成功してゐたら、勝利者としての外国の軍事力を借りることなく、日本民族自らの手で、農地改革が成就してゐたにちがひない、と考へる。史上、独裁と軍隊の力を借りずに成功した農地改革はなく、それはアジアにおける近代的軍隊の（たとへ無意識であらうと）歴史的使命なのであり、二・二六の「義軍」は、歴史に果すべき役割に於て、尖鋭な近代的自覚を持つた軍隊だつた。そして私はむしろ、その成功のあとに来る筈の、日本経済の近代化工業化と、かれらが信奉した国体観念との、真正面からの相克対立に、かれらが他日真に悩む日があつたであらう、その悩みにこそかれらを十分にひたらせて成熟せしめたかつた、と思ふ者である。〉

昭和四十三年二月には、「二・二六事件——〝日本主義〟血みどろの最期」（全集三三）の中でさらに論をすすめる。

〈二・二六事件を肯定するか否定するか、といふ質問をされたら、私は躊躇なく肯定する立場に立つ者であることは、前々から明らかにしてゐるが、その判断は、日本の知識人においては、象徴的な意味を持つてゐる。すなはち、自由主義者も社会民主主義者も社会主義者も、いや、国家社会主義者ですら、「二・二六事件の否定」といふところに、自分たちの免罪符を求めてゐるからである。この事件を肯定したら、まことに厄介なことになるのだ。現在只今の政治事象についてすら、孤立した判断を下しつづけなければならぬ役割を負ふからである。

もっとも通俗的普遍的な二・二六事件観は、今にいたるまで、次のやうなジャーナリストの一行に要約される。

「二・二六事件によつて軍部ファッショへの道がひらかれ、日本は暗い谷間の時代に入りました」

二・二六事件は昭和史上最大の政治的事件であるのみではない。昭和史上最大の「精神と政治の衝突」事件であつたのである。そして精神が敗れ、政治理念が勝つた。幕末以来つづいてきた「政治における精神的なるもの」の底流は、ここに最もラディカルな昂揚を示し、そして根絶やしにされたのである。

勝つたのは、一時的には西欧的立憲君主政体であり、つづいて、これを利用した国家社会主義（多くの転向者を含むところの）と軍国主義とのアマルガムであつた。私は皇道派と統制派の対立などといふ、言ひ古されたことを言つてゐるのではない。血みどろの日本主義の矢折れ刀尽きた最期が、私の目に映る二・二六事件の姿であり、北一輝の死は、このつひにコミットしえなかつた絶対否定主義の思想家の、巻添へにされた、アイロニカルな死にすぎなかつた。

二・二六事件を非難する者は、怨み深い戦時軍閥への怒りを、二・二六事件なるスケイプ・ゴートへ向けてゐるのだ。軍縮会議以来の軟弱な外交政策の責任者、英米崇拝家であり天皇の信頼を一身に受けてゐた腰抜け自由主義者幣原喜重郎の罪過は忘れられてゐる。この人こそ、昭和史上最大の「弱者の悪」を演じた人である。又、世界恐慌以来の金融政策・経済政策の相次ぐ失敗と破綻は看過されてゐる。誰がその責任をとつたのか。政党政治は腐敗し、選挙干渉は常態であり、農村は疲弊し、貧富の差は甚だしく、一人として、一死以て国を救はうとする大勇の政治家はなかつた。

戦争に負けるまで、さういふ政治家が一人もあらはれなかつたことこそ、二・二六事件の正しさを裏書きしてゐる。青年が正義感を爆発させなかつたならどうかしてゐる。（傍点編者）

しかも、戦後に発掘された資料が明らかにしたところであるが、このやうな青年のやむにやまれぬ魂の奔騰、正義感の爆発は、つひに、国の最高の正義の容認するところとならなかつた。魂の交流は無残に絶たれた。もつとも悲劇的なのは、この断絶が、死にいたるまで、青年将校たちに知られなかつたことである。そしてこの錯誤悲劇のトラーギッシュ・イロニーは、奉勅命令下達問題において頂点に達する。奉勅命令はにぎりつぶされてゐたのだつた。

二・二六事件は、戦術的に幾多のあやまりを犯してゐる。その最大のあやまりは、宮城包囲を敢へてしなかつたことである。北一輝がもし参加してゐたら、あくまでこれを敢行させたであらうし、左翼の革命理論から云へば、これはほとんど信じがたいほどの幼稚なあやまりである。しかしここにこそ、女子供を一人も殺さなかつた義軍の、もろい清純な美しさが溢れてゐる。この「あやまり」によつて、二・二六事件はいつまでも美しく、その精神的価値を永遠に歴史に刻印してゐる。皮肉なことに、戦後二・二六事件の受刑者を大赦したのは、天皇ではな

くて、この事件を民主主義的改革と認めた米占領軍であった。〉

（5）

以下は「三島由紀夫の世界」（村松剛）からの引用だが、「湯河原襲撃」の指揮をとり負傷、事の敗れたのを知って病院で自決した河野壽の実兄である河野司が三島邸を訪れたとき、交わした会話の中で、反乱軍将校が全員自決を覚悟し陛下に勅使の差遣を仰ぎたい旨の懇願に対し、陛下が強く拒絶されたことを理解に苦しむといった河野の言葉に、

〈三島氏は、

『人間の怒り、憎しみですね、日本の天皇の姿ではありません、悲しいことです』

と言葉をはさんだ。

このあとで河野氏は、

「三島さん、彼等が若し獄中で陛下のこのような言動を知っていたら、果して『天皇陛下万歳』を絶叫して死んだでしょうか」、

といった。

「三島氏は『君、君たらずとも、ですよ。あの人達はきっと臣道を踏まえて神と信ずる天皇

の万歳を唱えたと信じます。でも日本の悲劇ですね』と、声をつまらせたことが、未だに忘れられない。」

『英霊の声』は、その翌月に書き上げられた。筆が勝手に動いてとまらなかったと、あとで母堂の倭文重さんにはなしたそうである。

「『手が自然に動き出してペンが勝手に紙の上をすべるのだ。止めようにも止まらない。真夜中に部屋の隅々から低いぶつぶつ言う声が聞える。大勢の声らしい。耳をすますと、二・二六事件で死んだ兵隊達の言葉だということが分った』憑霊という言葉は知ってはいたが、現実に、公威に何かが憑いている様な気がして、寒気を覚えた。」

（平岡倭文重『暴流のごとく』、「新潮」昭和五十一年十二月号）

執筆にとりかかる二、三日前に、三島は二・二六事件頃の東北農村の疲弊ぶりを、「うっすらと涙を浮かべさえして」母堂に説明した。二・二六の若い将校たちに、気持ちのうえで殆どなりきっていたのだろう。『英霊の声』は蹶起将校の霊に奉げるつもりで書いたと、彼は河野司宛の手紙（五月三十一日付）にしるしている。

〈御令弟をはじめ、二・二六蹶起将校の御霊前に奉げるつもりで書いた作品であります。しかしそれにつけても、現代日本の飽満、沈滞、無気力には、苛立たしいものを感じてなりませ

ん。これは小生一人のヒステリーでありませうか？〉

「英霊の声」は、英霊に対する三島由紀夫の鎮魂の書である。誰かが書かなければならなかった。三島は（第三篇で述べたように）自らの命と引き換えにこの書を書いたのである。このことによって辛うじて正気への道が保たれたことを私たち日本人は銘記せねばならない。

三島は「この事件を肯定したら、まことに厄介なことになるのだ」と喝破した。いいかえると「三島由紀夫を肯定したら二・二六事件を肯定することになるのだ。そうするとまことに厄介なことになるのだ」、ということになる。（傍点編者）

三島は昭和四十四年一月一日、「維新の若者」（報知新聞への寄稿文、全集三三）で次のように語った。

〈しかし私は、今年こそ、立派な、さはやかな、日本人らしい「維新の若者」が陸続と姿を現はす年になるだらうと信じてゐる。日本はこのままではいけないことは明らかで、戦後二十三年の垢がたまりにたまつて、経済的繁栄のかげに精神的ゴミためが累積してしまつた。われわれ壮年も若者に伍して、何物をも怖れず、歩一歩、新しい日本の建設へ踏み出すべき年が来たのである。〉

三島をそして二・二六を肯定する勇気ある人が陸続と現れることを祈ってやまない。

（6）

なお、編者の高校時代（水戸一高）からの親しい友人で、しきしま会の会員であった綿引公久（故人）の父君綿引正三は、前述「湯河原襲撃」で牧野伸顕伯爵を襲った河野壽大尉等八名のうちの一人である。氏は当時二十二歳、日大の学生であり、二・二六事件の数少ない民間人蹶起者の一人であった。禁固十五年の判決を受け、戦後は水戸市内で空手道場を主宰した。小柄ではあるが眼光鋭く、国士然とした（いや国士そのものであった）氏を慕い、全国から憂国の士や優れた武道家が集ってきたのを記憶している。氏は橘孝三郎を「塾長」、井上日昭を「和尚」とよんでいた。私が氏に最初に会ったのは昭和三十八年十六歳、氏四十九歳のときであった。昭和五十三年、六十五歳で没した。

（平成二八年九月二〇日）

其の十五「日本国憲法」（1）

昭和四十五年十一月二十五日、三島由紀夫市ヶ谷自衛隊で自衛隊隊員を前にしての最後の演説である。（「週刊サンケイ臨時増刊号」昭和四五年一二月）

〈諸君は、去年の一〇・二一からあとだ、もはや憲法を守る軍隊になってしまったんだよ。自衛隊が二十年間、血と涙で待った憲法改正ってものの機会はないんだ。もうそれは政治的プログラムからはずされたんだ。ついにはずされたんだ、それは。どうしてそれに気がついてくれなかったんだ。

昨年の一〇・二一から一年間、俺は自衛隊が怒るのを待ってた。

もうこれで憲法改正のチャンスはない！自衛隊が国軍となる日はない！建軍の本義はない！

それを私はもっともなげいていたんだ。

自衛隊にとって建軍の本義とはなんだ。

日本を守ること。

日本を守るとはなんだ。

日本を守るとは、天皇を中心とする歴史と文化の伝統を守ることである。

お前ら聞けェ、聞けェ！　静かにせい。静かにせい！　話を聞けッ！

男一匹が、命をかけて諸君に訴えてるんだぞ。

いいか。いいか。

それがだ、いま日本人がだ、ここでもってたちあがらなければ、自衛隊がたちあがらなきゃ、憲法改正ってものはないんだよ。

諸君は永久にだねえ、ただアメリカの軍隊になってしまうんだぞ。

……

そこでだ、俺は四年間待ったんだよ。俺は四年待ったんだ。自衛隊が立ちあがる日を。

……

諸君は武士だろう。

諸君は武士だろう。武士ならばだ、自分を否定する憲法を、どうして守るんだ。

……

自衛隊は違憲なんだ！　きさまたちも違憲だ。

憲法というものは、ついに自衛隊というものは、憲法を守る軍隊になったのだということに、どうして気がつかんのだ。どうして諸君はそこに気がつかんのだ！

……

それでも武士かァ！
それでも武士かァ！
まだ諸君は憲法改正のために立ちあがらないと、みきわめがついた。
これで、俺の自衛隊に対する夢はなくなったんだ。
それではここで、おれは天皇陛下万歳を叫ぶ。〉

（2）

また、同日撒かれた「檄」（全集三四）では
〈……自らを否定するものを守るとは、何たる論理的矛盾であらう。男であれば、男の矜りがどうしてこれを容認しえよう。我慢に我慢を重ねても、守るべき最後の一線をこえれば、決然起ち上るのが男であり武士である。われわれはひたすら耳をすました。しかし自衛隊のどこからも、「自らを否定する憲法を守れ」といふ屈辱的な命令に対する、男子の声はきこえては来なかつた。かくなる上は、自らの力を自覚して、国の論理の歪みを正すほかに道はないこと

がわかつてゐるのに、自衛隊は声を奪はれたカナリアのやうに黙つたままだつた。

われわれは悲しみ、怒り、つひには憤激した。諸官は任務を与へられなければ何もできぬといふ。しかし諸官に与へられる任務は、悲しいかな、最終的には日本からは来ないのだ。シヴィリアン・コントロールが民主的軍隊の本姿である、といふ。しかし、英米のシヴィリアン・コントロールは、軍政に関する財政上のコントロールである。日本のやうに人事権まで奪はれて去勢され、変節常なき政治家に操られ、党利党略に利用されることではない。

……

われわれは四年待つた。最後の一年は熱烈に待つた。もう待てぬ。自ら冒瀆するものを待つわけには行かぬ。しかしあと三十分、最後の三十分待たう。共に起つて義のために共に死ぬのだ。日本を日本の真姿に戻して、そこで死ぬのだ。生命尊重のみで、魂は死んでもよいのか。生命以上の価値なくして何の軍隊だ。今こそわれわれは生命尊重以上の価値の所在を諸君の目に見せてやる。それは自由でも民主主義でもない。日本だ。われわれの愛する歴史と伝統の国、日本だ。これを骨抜きにしてしまつた憲法に体をぶつけて死ぬ奴はゐないのか。もしゐれば、今からでも共に起ち、共に死なう。われわれは至純の魂を持つ諸君が、一個の男子、真の武士として蘇へることを熱望するあまり、この挙に出たのである。〉と現憲法を痛烈に批判、改正を訴えた。

（3）

昭和四十四年十二月二十四日、自衛隊での訓練の後、会員に対し、楯の会独自の憲法改正の試案を作るようにとの指示があり、直ちに有志十三名による「憲法研究会」が組織され、三島は討議のタタキ台として翌年一月初め、新憲法における「日本の欠落」として現憲法批判の問題提起を行った。

その後、さらに「戦争の放棄」と第九条の問題、続いて「非常事態法」についての二つの問題が提起された。

憲法研究会は、以来毎水曜日事件後も含め約十四か月間三十四回の討議を重ね、昭和四十五年十月下旬には、第一章（天皇に関する規定）、第二章（国防に関する規定）が出来上がり、十一月に入って三回目の研究会が持たれた十八日の一週間後に事件である。

（「問題提起（日本国憲法）」（全集三四）、「全集三四付録、一期生・研究班長、阿部勉」）

それでは三島は「日本国憲法」のどこを問題にしたのだろうか。次のように述べる。

(4)(一)新憲法に於ける「日本」の欠落

〈……明治維新における日本と西欧の対立融合といふ最大のテーマの解決として作られた憲法はしかし、民族的伝統と西欧の法伝統との、当時に於ける能ふかぎりの調和を成就させた芸術作品であつた。自然法学と歴史法学との日本的総合であつた。しかるに敗戦直後悤卒に作られた現憲法は、直訳まがひの、日本語としてもつとも醜悪な文体を持ち、木に竹を継いだやうな文字通りの継受法（編者註・他国の法律を自国の国民性・民族性に照らして継受した法律）として、何らの内発性なしに与へられ、教育によって新世代に浸透するやうに、いはばあとから内発性の擬制を作られたのである。

国際政治の力関係によつて、きはめて政治的に押しつけられたこの憲法は、はじめからその国際政治の力学の上に乗らざるをえぬ曲芸的性格を与へられてをり、それが又逆に、今日まで憲法を生き永らへさせてきた要因になつてゐる。ありていに言つて、現憲法と日米安保条約は合せて一セットになるやうに仕組まれてをり、又同じ理由で、左派の護憲勢力の抵抗が憲法改正の機運を挫折させ、これを逆手にとつた現政府の、護憲宣言となつて現はれたのであつた。〉と生い立ちからの問題点を述べている。また一九七〇年という時点において、改憲について根本的思索をめぐらさなければならない理由の一つとして国体と政体の癒着混淆を危惧し、次のごとく述べる。

〈一は、この半永久政権下における憲法が次第に政体と国体との癒着混淆を強め、現体制としての政体イコール国体といふ方向へ世論を操作し、かつ大衆社会の発達が、この方向を是認しつつあるからである。

このことは現憲法自体が、政体と国体についての確たる弁別を定立してゐないことから起る必然的な結果とは言はねばならない。

国体は日本民族日本文化のアイデンティティーを意味し、政権交替に左右されない恒久性をその本質とする。政体は、この国体護持といふ国家目的民族目的に最適の手段として国民によつて選ばれるが、政体自体は国家目的追及の手段であつて、それ自体、自己目的的なものではない。民主主義とは継受された外国の政治制度であり、あくまで政体以上のものを意味しない。これがわれわれの思考の基本的な立場である。〉

前述した本来の意味での「国体」（第一章「天皇」）と、未来理想社会に対する一致した願望努力を本質とする「国体」（第二章・第九条「戦争の放棄」）の相反する二種の国体概念を現憲法は併記している、と三島は指摘し、

〈……これが憲法第一章と第二章との、戦後の思想的対立の根本的要因をなす異常なコントラストである。このやうな論理的矛盾を平然と耐へ忍ぶことができるのは、正に世界に日本人の天才を措いて他にはあるまい。〉

〈……日本的右顧左眄と原爆被爆国民としての心情と、その他さまざまなエモーショナルな基盤に支へられて、第九条が新らしい日本の「国体」として成熟した反面、第一章の「天皇」の各条は、旧世代のエモーショナルな支持にのみ支へられて、「国体」としての権威を次第次第に失ひつつあるのが現状である。

第二章の国体と第一章の国体とは、しかし、現象的には対立せぬやうに「平和をもたらした天皇」のイメージにおいて融合せしめられてゐるが、第二章の国体による第一章の国体の腐食は進行し、この腐食を懸命にも洞察してゐる自民党政府は、二種の国体をあいまいに融合せしめたままこれを政体に癒着させ、政体の強化維持を以て、新らしい国体に代へようとしてゐるのである。〉と分析する。最近まで続いた、いや現在も続いている「改憲サボタージュ」である。続いて云う。

〈……もし現憲法の部分的改正によつて、第九条だけが改正されるならば、日本は楽々と米軍事体制の好餌となり、自立はさらに失はれ、日本の歴史・伝統・文化は、さらに危殆に瀕するであらう。われわれは、第一章・第二章の対立矛盾に目を向け、この対立矛盾を解消することによつて、日本の国防上の権利（第二章）を、民族目的（第一章）に限局させようと務め、その上で真の自立の平和主義を、はじめて追求しうるのである。従つて、第一章の国体明示の改正なしに、第二章のみの改正に手をつけることは、国家百年の大計を誤るものであり、第一章改正と第二章改正は、あくまで相互のバランスの上にあることを忘れてはならない。〉

さらに第一章と第二章の非整合性がもたらす混乱について語る。

〈天皇制は戦後小泉信三的リベラリズムの下に風を除け、この風除けはいつしか天皇制の体質になつて、国民の忠誠の対象視されることを避けようといふ一念で生き永らへてきた。古きノスタルジックな忠誠は、天皇に対する個人的な親愛と敬愛のみにつながれた。国民の、無方向の忠誠の意欲が、その対象たることをけんめいに避けようとしてゐる対象よりも、別種の対象へ誘導されることは自然である。微笑、友愛、やはらかな好意……さういふものなら、戦後天皇制が国民からもつとも歓迎するものであり、この歓迎に応へる装置もさまざまに作られたが、「忠誠」だけは有難迷惑な贈物であり、これを拒絶する装置も隠密周到にさまざまに作られた。しかし、忠誠を拒絶することは、自ら国体たることを否定する態度に他ならないから、やむなく大衆は、無制限にその忠誠をうけ入れてくれる第九条のはうを現時の国体と考へるにいたつたのも無理はない。尤もこれらの皇室政策が天皇ご自身の御意に添うたものである、と私は言はうとしてゐるのではない。事勿れ主義の官僚群が作つたものであることは明らかである。

もしかりに、一歩妥協して、不十分ながら第一章が日本の「国」とは何ぞやといふことを規定してゐるとしても、第二章は明らかに、国家超克の人類的理想について述べてゐる。第一章が「国のため」という理念を一応掲げてゐると仮定しても、第二章が掲げてゐるのは「人類のため」といふ理念である。国民の側から云へば、忠誠対象の不分明であり、国家の側から云へば、国家意思の不明確である。これらの茫漠たる規定から演繹される国家最高の理念とは、人命尊重のヒューマニズムである。〉

※

続いて三島は、第一章第一条と第二条の及び第九条の論理的矛盾について鋭く論及する。

〈――さて、逐条的に現憲法の批判に入ると、

第一条（天皇の地位・国民主権）

天皇は、日本国の象徴であり日本国民統合の象徴であつて、この地位は、主権の存する日本

国民の総意に基く。

第二条（皇位の継承）

皇位は、世襲のものであつて、国会の議決した皇室典範の定めるところにより、これを継承する。

とあるが、第一条と第二条の間には明らかな論理的矛盾がある。すなはち第一条には、「この地位は、主権の存する日本国民の総意に基く」とあるが、第二条には、「皇位は、世襲のものであって」とあり、もし、「地位」と「皇位」を同じものとすれば、「主権の存する日本国民の総意に基く」筈のものが、「世襲される」といふのは可笑しい。世襲は生物学的条件以外の条件なき継承であり、「国民の総意に基く」も「基かぬ」もないのである。又、もしかりに一歩ゆづつて、「主権の存する日本国民の総意」なるものを、一代限りでなく、各人累代世襲の総意をみとめるときは、「世襲」の話との矛盾は大部分除かれるけれども、個人の自由意志を超越したそのやうな意志に主権が存在するならば、それはそもそも近代的個人主義の上に成り立つ民主主義と矛盾するであらう。又、もし「地位」と「皇位」を同じものとせず、「地位」は国民の総意に基づくが、「皇位」は世襲だとするならば、「象徴としての地位」と「皇位」とを別の概念とせねばならぬ。それならば、世襲の「皇位」についた新らしい天皇は、即位のたびに、主権者たる「国民の総意」の査察を受けて、その都度、「象徴としての地位」を認められるか否か、再検討されねばならぬ。しかもその再検討は、そもそも天皇制自体の再検討と等しいから、ここで新天皇が「象徴としての地位」を否定されれば、必然的に第二条の「世襲」は無意味になる。いはば天皇家は、お花の師匠や能役者の家と同格になる危険に、たえずさらされてゐることになる。

私は非常識を承知しつつ、この矛盾の招来する論理的結果を描いてみせたのであるが、このやうな矛盾は明らかに、第一条に於て、天皇といふ、超個人的・伝統的・歴史的存在の、時間的連続性（永遠）の保証者たる機能を、「国民主権」といふ、個人的・非伝統的・非歴史的・空間的概念を以て裁いたといふ無理から生じたものである。これは、「一君万民」といふごとき古い伝承観念を破壊して、むりやりに、西欧的民主主義理念と天皇制を接着させ、移入の、はるか後世の制度によつて、根生の、昔からの制度を正当化しようとした、方法的誤謬から生れたものである。それは、キリスト教に基づいた西欧の自然法理念を以て、日本の伝来の自然法を裁いたものであり、もつと端的に言へば、西欧の神を以て日本の神を裁き、まつろはせた条項であつた。

われわれは、日本的自然法を以て日本の憲法を創造する権利を有する。

……それは又、明治憲法の発祥に戻つて、東洋と西洋との対立融合の最大の難問にふたたび真剣にぶつかることであるが、敗戦の衝撃は、一国の基本法を定めるのに、この最大の難問をやすやすと乗り超えさせ、しらぬ間に、日本を、そのもつとも本質的なアイデンティティーを喪はせる方向へ、追ひやつて来たのではなかつたか？　天皇の問題は、かくて憲法改正のもつとも重要な論点であつて、何人もこれを看過して、改憲を語ることはできない。

これについて幾多の問題点が考へられる。

天皇のいはゆる「人間宣言」は至当であつたか？　新憲法によれば「儀式を行ふこと」（第七条第十項）とニュートラルな表現で「国事行為」に辛うじてのこされてゐるが、歴史、伝統、文化の連続性と、国の永遠性を祈念し保障する象徴行為である祭祀が、なほ天皇のもつとも重要な仕事であり、存在理由であるのに、国事行為としての「儀式」は、神道の祭祀を意味せぬものと解され、祭祀は天皇家の個人的行事になり、国と切り離されてゐる。しかし、天皇が「神聖」と完全に手を切つた世俗的君主であるならば、いかにして「象徴」となりえよう。「象徴」が現時点における日本国民および日本国のみにかかはり、日本の時間的連続性と関はりがないならば、大統領で十分であつて、大統領とは世襲の一点においてことなり、世俗的君主とは祭祀の一点においてことなる天皇は、正にその時間的連続性の象徴、祖先崇拝の象徴たることにおいて、「象徴」たる特色を担つてゐるのである。

天皇が「神聖」と最終的につながつてゐることは、同時に、その政治的無答責性において現実所与の変転する政治的責任を免かれてゐればこそ、保障されるのである。これを逆に言へば、天皇の政治的無答責は、それ自体がすでに「神聖」を内包してゐると考へなければ論理的でない。なぜなら、人間であることのもつとも明確な責任体系こそ、政治的責任の体系だからである。そのやうな天皇が、一般人同様の名誉棄損の法的保護しか受けられないのは、一種の論理的詐術であつて、「栄転授与」（第七条第七項）の源泉に対する国自体の自己冒瀆である。「神聖不可侵」の規定の復活は、おのづから第二十条「信教の自由」の規定から、神道の除外例を要求するであらう。キリスト教文化をしか知らぬ西欧人は、この唯一神教の宗教的非寛容の先入主を以てしか、他の宗教を見ることができず、英国国教のイングランド教会の例を以て日本の国家神道を類推し、のみならずあらゆる侵略主義の宗教的根拠を国家神道に妄想し、神道の非宗教的な特殊性、その習俗純化の機能等を無視し、はなはだ非宗教的な神道を中心とした日本のシンクレティスム（諸神混淆）を理解しなかつた。敗戦国の宗教問題にまで、無知な大斧を揮つて、その文化的伝統の根本を絶たうとした占領軍の政治的意図は、いまや明らかであるのに、日本人はこの重要な魂の問題を放置して来たのである。天皇は、自らの神聖を恢復すべき義務を、国民に対して負ふ、といふのが私の考へである。

一方、旧憲法の天皇大権は大幅に制約されて然るべく、天皇の政治上の無答責は憲法上に明記されねばならないが、第二章への遠慮によつて、天皇の栄転授与の国事行為ですら、文官に対してのみ公然となされてゐる不均衡不自然は、九条の変更によつて、直ちに改められるであらう。

但し、事軍事に関しては、旧憲法の「統帥権独立」規定の惨憺たる結果を見るにつけ、決して天皇にその最終的指揮権を帰属せしむるべきではない。

（二）「戦争の放棄」について

この条文についてはさまざまな法解釈があとから行はれ、目下自民党政府が採用してゐる解釈はいはゆる清瀬解釈と呼ばれるもので、第九条第二項の「前項の目的を達成するため」を、「前項の目的を達成するために限り」と強ひて限定的に解し、国際紛争を解決する手段としての戦争を永久に放棄するために限り、戦力を保持しないが、それ以外の自衛の目的のためには保持しうるとして、自衛隊の法的根拠とするすこぶる苦しい法解釈である。これが通常の日本人の語釈として奇怪きはまるものであることは、いふまでもない。

ありていに言つて、第九条は敗戦国日本の戦勝国に対する詫証文であり、この詫証文の成立が、日本側の自発的意思であるか米側の強制によるかは、もはや大した問題ではない。ただこの条文が、二重三重の念押しをからめた誓約の性質を帯びるものであり、国家としての存立を危ふくする立場に自らを置くものであることは明らかである。論理的に解すれば、第九条に於ては、自衛権も明白に放棄されてをり、いかなる形においての戦力の保有も許されず、自衛の戦ひにも交戦権を有しないのである。全く物理的に日本は丸腰でなければならぬのである。

終戦後食糧管理法によりヤミ食料の売買が禁じられてゐた時、一人の廉直な裁判官が、一点も国法に違背しまいとして、配給食糧のみで暮し、つひに栄養失調で死んだ。国法の定めた法に従へば死なねばならぬとなれば、緊急避難の理論によつてヤミ食料を食べることが正当化されるであらう。しかし、このことは国の定めた法の尊厳を失はせ、実際に執行力を持たぬ法の無権威を暴露するのみか、法と道徳との裂け目を拡大し、守りえぬ法の存在そのものが、違法を人間性によつて正当化させるのであるから、道徳は法を離れて、人間性の是認に帰着し、人命尊重を最高の道徳理念にするほかはない。しかも、一方、新憲法に於て、国家理念を剥奪された日本は、その法の最後の正当性の根拠をも亦、「自ら定めた法を自ら破らざるをえぬ」といふ、人間性の要請、人命尊重の緊急避難といふところへ設けざるをえない。

この裁判官の死は実に戦後の象徴的事件であつて、生きんがためには法を破らざるをえぬことを、国家が大目に見るばかりか、恥も外聞もなく、国家自身が自分の行為としても大目に見ることになつた。第九条に対する日本政府の態度は正にこれである。第九条のそのままの字句通りの遵法は、「国家として死ぬ」以外にはない。しかし死ぬわけには行かないから、しやにむに、緊急避難の理論によつて正当化を企て、御用学者を動員して牽強付会の説を立てたのである。……

核と自主防衛、国軍の設立と兵役義務、その他の政策上の各種の難問題は、九条の裏面に錯綜してゐる。しかしここでは、私は徴兵制度復活には反対であることだけを言明しておかう。

第九条の改正乃至廃止は、国内では左派勢力の激発を、国外では、米国のアジア軍事体制への歯止めなきかかはり合ひを意味し、かつ諸外国の警戒心恐怖心の再発を予見させるがために、「憲法改正」すなはち「九条改廃」が、全国民をしておぞけをふるはせるメドウサの首になつたのである。

私は九条の改廃を決して独立にそれ自体として考へてはならぬ、第一章「天皇」の問題と、第二十条「信教の自由」に関する神道の問題と関連させて考へなくては、折角「憲法改正」を推進しても、却つてアメリカの思ふ壺におちいり、日本が独立国家として、日本の本然の姿を開顕する結果にならぬ、と再三力説した。たとひ憲法九条を改正して、安保条約を双務条約に書き換へても、それで日本が独立国としての体面を回復したことにはならぬ。韓国その他アジア反共国家と同列に並んだだけの結果に終ることは明らかであり、これらの国家は、アメリカと軍事的双務条約を締結してゐるのである。

第九条の改廃については、改憲論者にもいくつかの意見がある。「第九条第一項の字句は、そもそも不戦条約以来の理想条項であり、これを残しても自衛のための戦力の保持は十分可能である。しかし第二項は、明らかに、自衛権の放棄を意味するから削除すべきである。」といふ意見に、私はやや賛成であるが、そのためには、第九条第一項の規定は世界各国の憲法に必要条項として挿入されるべきであり、日本国憲法のみが、国際社会への誓約を、国家自身の基本法に包含してゐるといふのは、不公平不調和を免かれぬ。その結果、わが憲法は、国際社会への対他的ジェスチュアを本質とし、国の歴史・伝統・文化の自主性の表明を二次的副次的なものとするといふ、敗戦憲法の特質を永久に免かれぬことにならう。むしろ第九条全部を削除するに如くはない。

その代りに、日本国軍の創設を謳ひ、建軍の本義を憲法に明記して、次の如く規定すべきである。

「日本国軍隊は、天皇を中心とするわが国体、その歴史、伝統、文化を護持することを本義とし、国際社会の信倚と日本国民の信頼の上に建軍される」

防衛は国の基本的な最重要問題であり、これを抜きにして、国家を語ることはできぬ。物理的に言つても、一定の領土内に一定の国民を包括する現実の態様を抜きにして、国家といふことを語ることができないならば、その一定空間の物理的保障としては軍事力しかなく、よしんば、空間的国家の保障として、外国の軍事力（核兵器その他）を借りるとしても、決して外国の軍事力は、他国の時間的国家の態様を守るものではないことは、赤化したカンボジア摂政政治をくつがへして、共和制を目ざす軍事政権を打ち樹てるといふことも敢てするのを見ても自明である。

自国の正しい建軍の本義を持つ軍隊のみが、空間的時間的に国家を保持し、これを主体的に防衛しうるのである。現自衛隊が、第九条の制約の下に、このやうな軍隊に成育しえないことに、日本のもつとも危険な状況が孕まれてゐることが銘記されねばならない。憲法改正は喫緊の問題であり、決して将来の僥倖を待つて解決をはかるべき問題ではない。なぜならそれまでは、自衛隊は、「国を守る」といふことの本義に決して到達せず、この混迷を残したまま、徒らに物理的軍事力のみを増強して、つひにもつとも大切なその魂を失ふことになりかねないからである。

自衛隊は、警察予備隊から発足して、未だその警察的側面を色濃く残してをり、警察との次元の差を、装備の物理的な次元の差にしか見出すことができない。国軍の矜りを持つことなくして、いかにして軍隊が軍隊たりえようか。この悲しむべき混迷を残したものが、すべて第九条、特にその第二項にあることは明らかであるから、われわれはここに論議の凡てを集中しなければならない。〉

（5）

三島は偽善と欺瞞を徹底的に嫌った。そして日本国憲法を偽善と欺瞞の象徴であるとし、左翼の革命集団が疎外された小集団を巻き込んで革命運動に転化していく構図を「反革命宣言」（昭和四三年一二月、全集三四）の中で次のように明らかにした。

〈彼らは最初、疎外をもつて出発したが、利用された疎外は小集団における多数者となり、小集団におけるマジョリティを次々とつなげて連帯させることによつて、社会におけるマジョリティを確保し、そのマジョリティは容易に暴力と行動に転換して現体制の転覆と破壊に到達するといふのは、革命のプランである。そして、責任原理の喪失を逆用したそのような革命は現に着々進行してゐる。

……そして彼らは、日本で一つでも疎外集団を見つけると、それに襲ひかかつて、それを革命に利用しようとするほか考へない。

たとへば原爆患者の例を見るとよくわかる。原爆患者は確かに不幸な、気の毒な人たちであるが、この気の毒な、不幸な人たちに襲ひかかり、たちまち原爆反対の政治運動を展開して、彼らの疎外された人間としての悲しみにも、その真の問題にも、一顧も顧慮することなく、たちまち自分たちの権力闘争の場面へ連れていつてしまふ。

日本の社会問題はかつてこのやうではなかつた。戦前、社会問題に挺身した人たちは、全部がとはいはないが、純粋なヒューマニズムの動機にかられ、疎外者に対する同情と、正義感によつて、左にあれ、右にあれ、一種の社会改革といふ救済の方法を考へたのであつた。

しかし、戦後の革命はそのやうな道義性と、ヒューマニズムを、戦後一般の風潮に染まりつつ、完全な欺瞞と偽善にすりかへてしまつた。〉

この代表的な例は左翼学生運動である。学園紛争において参加した一般学生や成田における空港建設反対派の農民をプロの革命運動家が利用したのである。今最も顕著な例が沖縄に見られる（沖縄の一部の人たちが疎外であるかどうかはわからないが）。そしてそれを支え煽るのが朝日新聞に代表される左翼ジャーナリズムという構図は少しも変わっていない。

三島由紀夫と森田必勝は、「日本を骨抜きにした憲法に体をぶつけ」て死んだ。

第三篇に於いて、三島は「英霊の声」を書いた責任を取って自刃したと書いた。その核心は天皇の「人間宣言」にあることは明らかである。そしてそれは「日本国憲法」と密接にからまった問題であることも自明であるから、「憲法に体をぶつけて死ぬ」事と同じこととなるのである。誰よりも憲法改正を望んだ三島は誰よりもその難しさを知っていた。昭和四十四年一〇・二一のデモを新宿で見学して、どの政党の誰が政府を担当しようとこれで「憲法改正にはあと十年間は手をつけないですむといふ確信を得たであらうと感じ」(「同志の心情と非情」昭和四五年一月、全集補一)、「これで憲法改正のチャンスはない」と嘆いたが、実に半世紀を閲しようとしている今日でも未だ緒にもついていないのがその証左である。最近国会で与党が三分の二の議席を得てようやく改憲のためのハードルを一つ越えはしたが、「まだまだ民意が熟してゐない」と及び腰である。加えて民進党の社民党(社会党)的体質への先祖がえりの傾向がうかがわれるような今日的状況では、進展は望み薄である。仮に改正が行われたとしても妥協に妥協が積み重ねられ、三島の危惧した「国家百年の大計を誤る」ような結果に陥る可能性は極めて高い。

〈いま、ぼくのやらうとしてゐることは、人に笑はれるかもしれないけれども、正義の運動であつて、現代に正義を開顕するんだといふ目的を持つてゐるんです。吉田松陰の生き方です

よ。正義を開顕する以外にすることはない。〉

事件一週間前に行われた古林尚との対談「三島由紀夫・最後の言葉」（全集補一）の中の言葉である。憲法改正の困難さを身にしみて感じていた三島は、打開の道はこれしかないと思い定め、自らを吉田松陰の生き方になぞらえ正義開顕の行動をとったのである。

この「問題提起（日本国憲法）」は三島の憲法に関する唯一の論文であり、わたしたちが憲法に対しどのように向き合っていくべきか、指針となる極めて重要な論文である。

（平成二八年九月二五日）

其の十六、「楯の会と自衛隊」

（1）

昭和四十一年十二月十九日、三島由紀夫は一人の青年の訪問を受けた。論争ジャーナルの萬代潔（故人）である。その時のことを「青年について」（昭和四二年一〇月、全集三三）に次のように書いている。

〈ところが、一年足らず前、私に革命的な変化を起させる事件があつた。

忘れもしない、それは昭和四十一年十二月十九日の、冬の雨の暗い午後のことである。林房雄氏の紹介で、「論争ジャーナル」編集部の萬代氏が訪ねて来た。私はこの初対面の青年が訥々と語る言葉をきいた。一群の青年たちが、いかなる党派にも属さず、純粋な意気で、日本の歪みを正さうと思ひ立つて、固く団結を誓ひ、苦労を重ねて来た物語をきくうちに、私の中に、はじめて妙な虫が動いてきた。青年の内面に感動することなどありえようのない私が、いつのまにか感動してゐたのである。私は萬代氏の話におどろく以上に、そんな自分におどろいた。それからあとはご承知のとほりである。

考へてみると、私は青年を忌避しつつ、ひたすら本当の青年の出現を待つてゐたのかもしれない。そして青年を忌避するといふ私の気持ちの裏には、生得の文学青年ぎらひもさることながら、青年に関はることの不安と恐怖がわだかまつてゐたのかもしれない。なぜなら、青年に関はることは、ただちに年長者の責任を意味するからである。極端なことを言へば、城山における西郷の覚悟を意味するからである。これまで私にはそんな覚悟はできてゐなかつたし、西郷が時々「死にたくなつた」やうに、私も時折死にたくなることはあつたが、そんなのは文士が時たま襲はれるニヒリズムの発作にすぎないと思つてゐた。

無限定なものに対して責任を負ふほど恐ろしいことがこの世にあらうか。しかるに青年の本質こそ無限定なのである。

私はもしかすると人並以上に臆病な人間かもしれないが、臆病な人間といふ自己規定が何ものをも生まぬことを、私は夙に「葉隠」によつて学んでゐた。弱者といふ自己規定も同様である。

私はかつて、私が青年から何かを学ぶといふことなどありえない、といふ傲岸な自信を抱いてゐたが、世の中には一方的な交渉といふものはありえない。覚悟のない私に覚悟を固めさせ、勇気のない私に勇気を与へるものがあれば、それは多分、私に対する青年の側からの教育の力であらう。そして教育といふものは、いつの場合も、幾分か非人間的なものである。〉

しきしま会前事務局長の持丸博（故人）は当時早稲田大学の学生で、圧倒的な勢力をもち過激化する左翼学生運動に対して抵抗をこころみる民族派学生運動の中心的存在であり、数少ない同憂の士を集い早稲田大学でサークル「日本文化研究会」（日文研）を立ち上げた。また昭和四十一年十一月に発足した「日本学生同盟」（日学同）の中央執行委員および機関誌「日本学生新聞」の初代編集長となり、四十二年二月七日の創刊号には三島から「本当の青年の声を」（日本学生同盟発足に寄せて）と題して、祝辞を寄せられた。

持丸は水戸一高を昭和三十八年に卒業した。高校時代は日本史の教諭であった名越《なごや》時正が主宰する私塾青藍塾の塾生として、又、顧問を務める同校の歴史クラブ史学会のメンバーとして名越に師事水戸学を学んだ。時正は大日本史を編纂した彰考館の初代総裁をつとめた名越南渓の子孫であり名越家は代々水戸家に仕えた家柄である。時正は東京帝大に進み平泉澄（歴史学者、敗戦後東京帝国大学教授を辞任。同氏の教えにつながるものを平泉学派とよばれている）の高弟となり、水戸史学会の会長などを務めた。共に早稲田大学に進んだ史学会の後輩新堀喜久（元しきしま会副会長、故人）、金子弘道（しきしま会会員、現帝京大学教授）がそのつながりで一期生として楯の会に参加することになる。

持丸は民族派学生運動の中心メンバーとして活躍する一方、同じ平泉門下の中辻和彦が編集長をつとめる論争ジャーナル（昭和四二年一月創刊）のスタッフでもあり、三島・萬代の出会いから三島と知り合い、三島の信頼を得て片腕となり、やがて「楯の会」を結成、初代学生長となるのである。

（2）

「楯の会」の前身を「祖国防衛隊」と称した。

三島は、「祖国防衛隊はなぜ必要か？」（昭和四三年一月一日、全集三五）という論文を残しているが、昭和四十一年頃から民間防衛の構想を持ち、諸外国の民兵制度を研究し、綿密に構想を練り、詳細な計画を立て、翌年の四十五日間の体験入隊を経て「祖国防衛隊」、そして「楯の会」へと着実に計画を実行していったことがうかがえる。

その基本的な考え方を三島と共に構想を練った持丸はその著書「証言三島由紀夫・福田恆存たった一度の対決」（平成二二年一〇月、佐藤松雄共著。文藝春秋）で次のように述懐する。

「昭和四十二年（一九六七）になってからも、三島先生の基本的な状況認識は、このままの状態が続けば日本は七〇年の安保改定時を乗り切ることはできないだろうということでした。これはわれわれも全く同じ考えでした。

学生たちによる騒乱はパリの五月革命騒動のように、やがて機動隊によっては排除できないような状況になるに違いない。そうなったときには、おそらく自衛隊の治安出動が要請されるだろう。しかし治安出動というのは政治的に大変に難しい問題で、下手をすれば「プラハの春」のチェコの自由化運動の時のように、戦車の出動によって学生、一般市民に犠牲が出る。そうなるとマスコミの自衛隊を見る目はまるっきり違ってきて、自衛隊は市民の敵になってしまう。このように自衛隊の治安出動とはもろ刃の剣になりがちで、そのタクティックスは非常に難しい。

機動隊によっては克服できないような状況になったとき、自衛隊が治安出動するまでの空白の間、その呼び水となるために民間の組織が何らかの形で表に出る必要があるだろう。しかも、それはかなり専門的な軍事知識を持った民間の組織、任意のグループでなければならない、その任を我々が担おう。これが楯の会の前身であった「祖国防衛隊」構想の基本的な考え方でした。

ひと言でいえば、あくまでも治安出動の呼び水になろうと。そういった認識が三島先生のなかにあり、そのためには軍事知識を持ち、かつ軍事訓練を受けた少なくとも百人の民間将校団をつくらなければならない。将校一人で少なくとも三十人から五十人の組織は統率できる。そうすれば百人の将校で約三千人の部隊を動かすことが可能になります。そんな構想がやがて「楯の会」の結成というかたちになっていくわけです。」

（3）

そして、三島由紀夫は昭和四十二年四月から五月にかけて自衛隊に最初の体験入隊をする。その時のことを「青年と国防」（昭和四二年八月、全集三三）に次のように書いている。

〈私はここ一ト月半ほど陸上自衛隊にひそかに体験入隊をして来た。誰にたのまれたわけでもない自発的行為である。

私はまず四月十二日に久留米の陸上自衛隊幹部候補生学校に隊付になつた。ここでの生活は、旧士官学校とウエストポイントとの一日中余裕のないスケジュールで追ひまはして、時間の効率を会得させる教育法に則つたものであつた。ここでは予告なしに、朝礼時の服装点検があり、何か指摘されると自己反省のため十回腕立て伏せをする慣習がある。制服に身を正して居並ぶ朝礼時など、朝風のなかで上着の茄子いろの裏地ををひるがへして、反省の腕立て伏せをする学生の姿には一種のさはやかな男らしさがあつた。二十二年ぶりに銃を担つて部隊教練にも加はつた。肩は忠実に銃の重みをおぼえてゐた。行動の苦難を共にすると、とたんに人間の殻が破れて、文句を云はせない親しみが生ずるのは、ほとんど年齢に関りがない。富士学校での丸一ヶ月は、さまざまな教育隊に隊付をして過ごした。白馬のやうな富士を見上げて、半長靴で駆ける駆足はすばらしかつた。戦車隊の元気な若い幹部連中に戦車の乗員訓練や操縦を教はつた。ついで私は特科（砲兵）の新隊員たちの行軍と露営に加はつた。最大傾斜六十度を含む約四十キロの山地踏破と山中湖露営では一歩一歩が砂にずり落ちる難路を完全武装で、どうにか歩きとほしたときから、それまで口の固かつた若い隊員と急に隔意のない会話が生れた。連休に東京に帰つて、大都会の荒涼としてゐることにおどろいた。すでに私は、営庭の国旗降下の夕影を孕んだ国旗と、夜十時の消灯喇叭のリリシズム（抒情）のとりこになつてゐた。レンジャー部隊の一週間だけは一日一日の疲労が累積して正直云つてかなりへばつた。青年たちは疲れは同じでも恢復力がまるで違ふのである。どんなに疲れても一晩眠ると、青年たちの顔は冴え冴えとした朝の顔になつてゐる。

自衛隊は素朴な明るさをそなへてゐると云つてよい。彼らの中のある年齢層以下はナイーブ（純情）さと勇気を持つてゐることがはつきり感じられる。指揮官、老練な将軍の中にもそれがあつた。現代日本の若者の中では、率直に云つて自衛隊員の方が好もしいと思ふし、彼らの素朴さや団結心といつた好い素質が、より自律的に出れば理想的だと思ふ。私は、あらゆる国家は、固有の自衛権を持ってゐるといふ考へから自衛隊を合憲とみる人々の主張に反対してゐない。しかし、本来民主国家の国民的権利に属する国防の問題を義務化するには反対といふ観点から徴兵制度には賛成でない。若者にとつて団体生活が必要だといふ私の考へは、徴兵反対となんら矛盾しないのである。今の青年に自制心とか規律とかが欠けてゐるのは事実だから。
終りに、私は考へやうによつては現在ただいまが危機だと信じてをり、国民が危機感を持つてゐないことに焦燥してゐる。自衛隊員の危機感を孤立させないことが、むしろ危機感を最終的に解消させる方法だと信じる。私が望んでゐるのは国軍を国軍たる正しい位置におくこと、国軍と国民の間の正しいバランスを設定することなのである。そして日本人であること、愛国心、国土防衛、自衛隊の必要性——この四者の関係はイモズル式で一つ引つぱると全部出て来るものと考へる。〉（傍点編者）
三島はこの時点ではまだ自衛隊を違憲だとは言ってはいない。しかし、憲法改正を念頭に置いての発言である。
今でこそ自衛隊は憲法の問題はともかく認知されるようになったが、のちにノーベル文学賞をとる大江健三郎は「ぼくは防衛大生を僕らの世代の若い日本人の一つの弱み、一つの恥辱だと思っている……防衛大学の志願者がすっかりなくなる方向へ働きかけたいと考えている」（毎日新聞、昭和三三年六月）と語るなど、その発言から十年を経ても当時は自衛隊は税金の無駄使いといわれ（今でもそんなことを言った政党があったが）、隊員は白眼視され募集も思うようにはいかなかった。編者は大江健三郎がノーベル賞を受賞したことこそ日本の恥辱だと思っている。そのような状況の下、ノーベル文学賞候補の有力候補にもなっている三島由紀夫が体験入隊を申し出たことは政府にとっても渡りに船であり、紆余曲折はあったものの異例の四十五日間という長期体験入隊が実現したのである。

（4）

三島はこの貴重な体験から得たものをそのままにはしておかなかった。さらに一歩進める。〈わが「自主防衛」——体験からの出発。昭和四三年八月、全集三三〉で次のように語る。

〈私が陸上自衛隊にとくに目をつけたのは、海外派兵のあり得ぬ現憲法下で、唯一のありうるケースの戦争は国土戦であり、かつ、種々の点から見て蓋然性の濃いのは間接侵略であり、対間接侵略の主役は陸上自衛隊だと考へたからである。別に先見の明を誇るわけではないが、先進工業国における間接侵略の可能性はきはめて低いといふのが専門家の定説であつたのが、パリの五月革命以来、この定説がくつがへされたといつてよい。

ともあれ四十五日間の経験は、きはめて貴重であつて、私は自衛隊にも多くの知己を得たし、防衛問題について語られる言葉の真贋の見分けもいくらかつくやうになつた。

そこで欲が出てきたのである。これを私一人の経験にしておくのはもつたいない、何とか一人でも多く同じ経験をした知識人の同志を得たい、と思つたが、いかんせん、私の同年輩以上は軍隊経験のある人ほど完全に「アツモノにこりてナマスを吹く」心境になつてゐるか、多忙な管理職についてゐて、仲間に引き入れられない。そこで、若くて元気な学生の中から、現下の思想戦心理戦の本質についてよく勉強してゐて、防衛問題に関心の深い青年を選んで、私と同じ体験をしてもらはうと思つたのである。〉

三島由紀夫は当然、すでに相当の意思疎通のできている論争ジャーナル（論ジャー）のスタッフと話を進めることとなり、学生とも深いパイプをもつ持丸の人選で学生を中心に二〇名が選抜され、自衛隊の訓練を受けることとなるのである。のちの楯の会の一期生である。

〈こんな趣旨のことを学生諸君の一人々々に説き、学生の中からも私の企てに賛成して協力を惜しまぬ人たちが出て、この三月に二十人の学生で第一回の一ヶ月体験入隊の実験をやつた。

そもそも一ヶ月の長い体験入隊には、陸幕長の特別の許可が要るが、かういふことが許されたのは、一つは私が坐り込みを辞さぬ強引さで頼み込んだからでもあり、一つは、私自身の四十五日間のつとめぶりに対する論功行賞の意味があつたと思ふ。安全管理の面からいつても、四十二歳の男にできたことが、二十一歳の男にできぬわけがない。

これには陸幕とわが「母校」富士学校の厚い協力があり、去年の秋から私はこの一ヶ月の「自衛隊紹介計画」のプラン作成に参与して来たが、計画はかなり高度な課程を圧縮したもので、なかんづく、幹部教育の専門課程である「戦術」の紹介に重きを置いてもらつた。これは社会人としてももつとも役に立つ、プラクティカルで、論理的で、男性的な学問であり、これの基礎を身につけなければ、軍人といふものの論理構造もわからず、防衛問題の技術的背景もわからないのである。

さて、この三月には、私もひそかに十数日参加して、学生諸君と共に、毎日駈け回り、歩き、息を切らし、あるひは落伍した。そこで同志的一体感も出来、彼らの考へも入隊以前に比べて、はるかに足が地について来たのみならず、主任教官や助教との関係も家族のやうになり、離隊のときは、学生一人々々が助教一人々々と握手して共に泣いた。私が如実に「男の涙」を見たのは、映画や芝居をのぞいては、終戦後これがはじめてである。

三月の成功に勢ひを得て、この七月末、再び約三十人の学生を引率して富士へ入隊したが、八月末の成果がたのしみだ。受入れ側も馴れて、計画は一そう合理的になり、第一期生も世話役として数人ふたたび入隊してゐる。但し漱石の猫ではないが、この集団の「名前はまだ」ない。こんなことは誰にたのまれてやつてゐるわけでもなく、又、誰からもビタ一文もらつてゐるわけではない。学生も亦、アルバイトをすれば十分稼げる春休みや夏休みを返上して、真剣に取組んでゐるのである。そこには一点の利害もなく、口先だけの議論もなく、私も学生も、ただ腹を打明け合つて気分がピッタリ合つたから、自衛隊に多大の迷惑をかけながら、その絶大の厚意によつて、やつてもらつてゐるのである。今や空前の素人時代、軍事問題防衛問題も、玄人のほかに、熱烈な素人の厚い層があつてよいのではないか。

因みに一言つけくはへれば、私は戦争を誘発する大きな原因の一つは、アンディフェンデッド・ウェルス（無防備の富）だと考へる者である。〉

（5）

編者は持丸が卒業した昭和三十八年に水戸一高入学なので、高校時代に持丸との面識はない。昭和四十二年早稲田大学に入学、高校からの一年・二年先輩が日文研のメンバーであったことから日文研に入り、持丸と知り合い、必然的に論ジャーの事務所に出入りするようになる。一方、創設間もない早大国防部にも入部、同部は日学同の中枢の組織の一つであったことからそちらからも持丸と接触することとなる。生前しきしま会で親しくご厚誼を頂いたが大先輩で当時は容易に口はきけなかった。その縁で、持丸から体験入隊の勧誘を受けたのである。自衛隊における訓練によって一人五〇人程度の集団を率いるスキルを身に着けるのだという。願ってもない話で直ちに承諾をした。

萬代が初めて三島邸を訪れたときから丁度一年後、昭和四十二年十二月のたしか氷雨の降る日であったと思う、その萬代に連れられて馬込の三島邸を訪れた。面接を受けたわけである。当時二〇名の人数を集めるのは容易ではなく、結論は、まァいいか、というところであったのではないだろうか。すき焼きのごちそうが出された。見たことのないような真っ赤な牛肉！　しかも肉だけである！　ネギも豆腐もない！　味は全く覚えていない。何を話したのかも記憶にない。ただその鮮やかな肉の色と生卵に絡めて旨そうにぺろりぺろり肉を平らげる先生の姿だけが今でもはっきりと脳裏に残っている。辞去の際、持参した色紙に揮毫をお願いした。「一貫不惑」とある。同行した今泉孝（三期生、故人）は、「文武両道」であった。

さて、自衛隊である。翌年三月まだ雪の残る早春の富士山麓、陸上自衛隊富士学校普通科教導連隊滝ケ原分屯地で訓練は始まった。娑婆とは全く隔離された別世界である。早朝から上半身裸での駈足、非常呼集、銃剣道、コンパス行進、座学等々。高校時代は柔道部に属し少しは体は鍛えてはいたが、浪人時代、大学一年と二年間怠けてなまった体にはいささかこたえた記憶がある。それでも仲間の強い連帯感と教官助教諸氏との間に醸成された信頼関係によって、そして何よりも自らを厳しく律し、決して妥協を許さぬ三島先生の姿に背中を押されひと月が経った。体力検定があり、入隊直後の検定では級外であったが、六級が及第点のところ五級となって何とか合格した。なかには一級という強者もいたのには驚きであった。

時々落伍をしながらも全員全ての訓練を終え、教官、助教との別れに際してはみな涙をながし、帰路のバスの中で「ちくしょう、なんでこんなに涙が止まらないんだ」と泣きじゃくった森田必勝《まさかつ》の姿が忘れられない。「檄」の中で、三島は「ここでこそ終戦後つひに知らなかった男の涙を知つた」と書いた。

昭和四十三年十月、一、二期生との会合で、会は「楯の会」と命名された。万葉集防人の歌の中の「今日よりは顧みなくて大君の醜《しこ》の御楯《みたて》と出で立つわれは」が由来である。金子弘道からの提案であった。当初は「御楯会」であったが「楯の会」と修正された。因みにこの歌は、「万葉集巻二十の夥しい防人の歌」(「日本文学小史」昭和四四年八月、全集三四)の中から三島が選んだ十首のうちの一首である。

なお、しきしま会には編者と金子のほかに、所謂「経団連事件」に関与した伊藤好雄と三島、森田と共に蹶起した小賀正義と古賀浩靖の両名を会に勧誘した伊藤邦典の二人の一期生が在籍する。故人となった持丸、新堀の両名を加えると六名の一期生が在籍したことになる。

（6）

翌昭和四十四年十一月三日、三島由紀夫は楯の会結成一周年を記念して国立劇場の屋上でパレードを挙行した。終了後、小宴が開かれ三島が日本語と英語でスピーチをした。以下は、そのときに配られた小冊子〈「楯の会」のこと、全集三四〉である。それには《英誌QUEEN所載》との記載があり、初出は英誌で外人向けに書かれたものであることがわかる。

〈私が組織した「楯の会」は、会員が百名に満たない、そして武器も持たない、世界で一等小さな軍隊である。毎年補充しながら、百名でとどめておくつもりであるから、私はまづ百人隊長以上に出世することはあるまい。

無給である。しかし夏冬各一着の制服制帽と、戦闘服と軍靴が支給される。この軍服はド・ゴールの軍服をデザインした唯一の日本人デザイナー五十嵐九十九《つくも》氏のデザインに成る道ゆく人が目を見張るほど派手なものだ。

……

「楯の会」はつねにStand byの軍隊である。いつLet's goになるかわからない。永久Let's goは来ないかもしれない。しかし明日にも来るかもしれない。

それまで「楯の会」は、表立つてなにもしない。街頭のDemonstrationもやらない。プラカードも持たない。モロトフ・カクテルも投げない。石も投げない。何かへの反対運動もやらない。講演会もひらかない。最後のギリギリの戦ひ以外の何ものにも参加しない。

それは、武器なき、鍛へ上げられた筋肉を持つた、世界最小の、怠け者の、精神的な軍隊である。人々はわれわれを「玩具の兵隊さん」と呼んで嗤つてゐる。

……

私は、私の「楯の会」の運動と、私の文学の質との間に、たえず均衡が保たれねばならぬことを知つてゐる。もし均衡が破れたら、「楯の会」が芸術家の道楽に堕するか、それとも私が政治家になつてしまふか、どちらかだ。言葉の微妙な機能を知れば知るほど、私は芸術家といふものが、現実に対して、猫のやうに絶対に無責任であることを知るにいたつた。芸術家としての私にとつては、世界が融けたアイスクリームのやうに融けてしまはうと、別に私の責任ではない。融けない前のアイスクリームの美味は私がつけたのだ。……しかし私は、「楯の会」については全責任を負うてゐる。それは自分で引受けたものだ。会員が皆死んで、私が生き残ることはないだらう。

私は又、この小さな運動をはじめてみて、運動のモラルは金に帰着することを知つた。「楯の会」について、私は誰からも一銭も補助を受けたことはない。資金はすべて私の印税から出てゐる。百名以上に会員をふやせない経済上の理由はそこにある。……

※

私は日本の戦後の偽善にあきあきしてゐた。私は平和主義を決して偽善だとは云はないが、日本の平和憲法が左右双方からの政治的口実に使はれた結果、日本ほど、平和主義が偽善の代名詞になつた国はないと信じてゐる。この国でもつとも危険のない、人に尊敬される生き方は、やや左翼で、平和主義者で、暴力否定論者であることであつた。それ自体としては、別に非難すべきことではない。しかし、かうして知識人のconformityが極まるにつれ、私は知識人とは、あらゆるconformityに疑問を抱いて、むしろ危険な生き方をするべき者ではないかと考へた。……

それならお前は知識人として、言論による運動をすればよいではないか、と或る人は言ふであらう。しかし私は文士として、日本ではあらゆる言葉が軽くなり、プラスチックの大理石のやうに半透明の贋物になり、一つの概念が別の概念を隠すために用ひられ、どこへでも逃げ隠れのできるアリバイとして使はれるやうになつたのを、いやといふほど見てきた。あらゆる言葉には偽善がしみ入つてゐた。ピックルスに酢がしみ込むやうに。文士として私の信ずる言葉は、文学作品の中の、完全無欠な仮構《フイクション》の中の言葉だけであり、前にも述べたやうに、私は文学といふものが、戦ひや責任と一切無縁な世界だと信ずる者だ。これは日本文学のうち、優雅の伝統を特に私が愛するからであらう。行動のための言葉がすべて汚《けが》れてしまつたとすれば、もう一つの日本の伝統、尚武とサムラヒの伝統を復活するには、言葉なしで、無言で、あらゆる誤解を甘受して行動しなければならぬ。Self-justification は卑しい、といふサムラヒ的な考へが、私の中にはもともとひそんでゐた。

※

私は或る内面的な力に押されて、剣道をはじめた。もう十三年もつづけてゐる。竹の刀を使ふこの武士の模擬行動から、言葉を介さずに、私は古い武士の魂のよみがへりを感じた。

経済的繁栄と共に、日本人の大半は商人になり、武士は衰へ死んでゐた。自分の信念を守るために命を賭けるといふ考へは、Old-fashioned になつてゐた。思想は身の安全を保証してくれるお守りのやうなものになつてゐた。思想を守るには命を賭けねばならぬ、といふことに知識人たちがやつと気付いたのは、(気付いたところですでに遅かつたが) 自分たちの大人しい追随者だと思つてゐた学生たちが俄かに恐ろしい暴力をふるつて立向かつて来てからであつた。

※

今の学生の叛乱は、ソクラテスらのソフィストが若者をアゴラに閉ぢ込めたため、アゴラ自体が反乱を起した、といふ感じがする。しかし私は、若者はギュムナシオーンとアゴラを半ばづつ往復しなければならぬと信ずる者であり、学生ばかりでなく、あらゆる知識人がさうすべきだ、と考へる者だ。言論を以て言論を守るとは、方法上の矛盾であり、思想を守るのは自らの肉体と武技を以てすべきだ、と考へる者だ。

かうして私は自然に、軍事学上の「間接侵略」といふ観念に到達したのである。間接侵略とは、表面的には外国勢力に操られた国内のイデオロギー戦のことだが、本質的には、（少くとも日本にとつては）日本といふ国のIdentityを犯さうとする者と、守らうとする者の戦ひだと解せられる。しかもそれは複雑微妙な様相を持ち、時にはナショナリズムの仮面をかぶつた人民戦争を惹き起し、正規軍に対する不正規軍の戦ひになる。

ところが日本では、十九世紀の近代化以来、不正規軍といふ考へが完全に消失し、正規軍思想が軍の主流を占め、この伝統は戦後の自衛隊まで及んでゐる。日本人は十九世紀以来、民兵の構想を持つたことがなく、あの第二次世界大戦に於てすら、国民義勇兵法案が議会を通過したのは降伏わづか二ヶ月前であつた。日本人は不正規戦といふ二十世紀の新らしい戦争形態に対して、ほとんど正規戦の戦術しか持たなかつた。

しかし私の民兵の構想は、話をする人毎に嗤はれた。日本ではそんなのはできつこないといふのである。そこで私は自分一人で作つて見せると広言した。それが「楯の会」の起りである。

※

……ヨーロッパ諸国では想像のつかないことであるが、わづか一ヶ月でも軍事訓練を受けた民間青年といふものは、自衛隊退職者を除き、日本では「楯の会」のほかには一人もゐないのである。従つてわづか百人でも、その軍事的価値は、相対的に高い。いざといふ場合は、その一人一人がどうにかかうにか五十人づつを率ゐることができ、後方業務、警備、あるいは遊撃、情報活動に従事することができるからである。

しかし目下の私は日本に消えかけてゐる武士の魂の焔を、かき立てるためにこれをやつてゐるのだ。……〉

（7）

「楯の会」の基本的なスタンスは「革命」に対する「反革命」であり、必然的に左翼陣営の動向と密接な関係を持っていた。一九七〇年の第二次安保に狙いを定めた左翼陣営はその前年の昭和四十四年「一〇・二一国際反戦デー」に勢力を結集し戦いを挑んだ。しかし、それまで優勢な戦いを進めていたかに見えた左翼陣営は圧倒的な警察力によって封じ込められ、以降学生運動は退潮に向かい、日本の政治状況は大きく変化した。左翼による革命的状況は現出しないことが明らかになり、三島が想定した楯の会の出番はなくなった。三島は「檄」の中で言う。

〈四年前、私はひとり志を抱いて自衛隊に入り、その翌年には楯の会を結成した。楯の会の根本理念は、ひとへに自衛隊が目ざめる時、自衛隊を国軍、名誉ある国軍とするために、命を捨てようといふ決心にあつた。憲法改正がもはや議会制度下ではむづかしければ、治安出動こそその唯一の好機であり、われわれは治安出動の前衛となつて命を捨て、国軍の礎石たらんとした。国体を守るのは軍隊であり、政体を守るのは警察である。政体を警察力を以て守りきれない段階に来て、はじめて軍隊の出動によって国体が明らかになり、軍は建軍の本義を回復するであらう。日本の建軍の本義とは、「天皇を中心とする日本の歴史・文化・伝統を守る」ことにしか存在しないのである。国のねじ曲つた大本を正すといふ使命のため、われわれは少数乍ら訓練を受け、挺身しようとしてゐたのである。

しかるに昨昭和四十四年十月二十一日に何が起つたか。総理訪米前の大詰ともいふべきこのデモは、圧倒的な警察力の下に不発に終つた。その状況を新宿で見て、私は、「これで憲法は変らない」と痛恨した。その日に何が起つたか。政府は極左勢力の限界を見極め、戒厳令にも等しい警察の規制に対する一般民衆の反応を見極め、敢て「憲法改正」といふ火中の栗を拾はずとも、事態を収拾しうる自信を得たのである。治安出動は不用になつた。政府は政体維持のためには、何ら憲法と抵触しない警察力だけで乗り切る自信を得、国の根本問題に対して頬つかぶりをつづける自信を得た。これで、左派勢力には憲法護持の飴玉をしやぶらせつづけ名を捨てて実を取る方策を固め、自ら、護憲を標榜することの利点を得たのである。名を捨てて実を取る！ 政治家にとつてはそれでよからう。しかし自衛隊にとつては、致命傷であることに、政治家は気づかない筈はない。そこでふたたび、前にもまさる偽善と隠蔽、うれしがらせとごまかしがはじまつた。〉

持丸はこの時点で「楯の会」の本来の意味での役割は終えた、これ以降三島森田の自刃にいたるまでの経過は、むしろ、「三島由紀夫とその同志」による行動、として考えた方が事実に則し、かつ分かりやすいという。

前述した楯の会結成一周年記念パレードは、四四・一〇・一二の二週間あとのことである。パレードの後三島の挨拶が行われている会場のライトがまぶしかったこと、英語のスピーチが素晴らしく感動したことを記憶しているだけで、編者には三島のその心境の変化を読む力は全くなかった。そしてその後も。

（8）

昭和四十四年春ころから論争ジャーナルの資金繰りが悪化して田中清玄（戦前の日本共産党の活動家。転向して戦後実業家、政治活動家となる。フィクサーともいわれる）から資金援助を受けたことなどから三島と中辻ら論争ジャーナルは訣別、やがて持丸も袂を分かつこととなる。第三者からの資金援助は三島の最も嫌うところであった。持丸は昭和四十四年十月十二日の楯の会の例会で退会の挨拶をした。パレードの二週間前である。理由は、その著書「証言三島由紀夫・福田恆存たった一度の対決」に詳しい。

持丸の後の学生長を森田必勝が継ぐことになり、パレードは森田が仕切った。

楯の会学生長の交代と社会・政治情勢の変化が転機となり、三島と楯の会の進路は大きく舵を切ることとなった。

舵は、間接侵略に対する「民間防衛構想」から極左勢力が惹き起す都市擾乱を奇貨とする「自衛隊の治安出動を呼び込んでの憲法改正」に、さらに「少人数による蹶起」へと切られたのである。

三島と楯の会は、自衛隊で訓練を受けたことから、当然自衛隊の内部の人間と接触をすることとなる。最大の存在は元陸上自衛隊調査学校副校長の山本舜勝《きよかつ》（故人）であった。氏は、陸士から陸軍大学に進み、旧中野学校の教官を務めるなど、旧日本軍から自衛隊にかけて情報畑一筋の経歴を持つ。学生長として会員の中で三島に次いで山本と多く接触していた持丸は次のように言う。

「（四四・一〇・二一のほか）昭和四十三年五月から昭和四十四年八月にかけて、二か月に一回ほど情報訓練と称して、対都市ゲリラ戦、対諜報戦、こちらから仕掛ける諜報活動、そうした訓練をずっと指導してくれたのが山本さんでした。山本舜勝とは一口で言えば楯の会の指導者、いはば「軍師」でした。」

山本には『三島由紀夫憂悶の祖国防衛』昭和五五年四月、日本文芸社」と「自衛隊『影の部隊』——三島由紀夫を殺した真実の告白、平成一三年六月、講談社」の二冊の著書があり、一〇・二一以降の三島と山本との接触の内容を知ることができる。又、そのほか関係のあった元自衛隊員側から二、三の本が出されているが、三島は彼らとの接触の記録を一切残しておらず、実際にどのような話が行われたかは不明である。しかし、持丸の証言や「檄」で書かれていることからみれば、三島から山本に対し、具体的な行動を起こすべく働きかけを行ったことは十分考えられることである。それに対し山本が乗ってこなければあとは「憲法（編者註＝戦後体制）に体をぶつける」ことしか残っていなかったのである。

昭和四十五年に入り三島と森田の間でひそかに計画が立てられ、四月一日小賀正義が加わり、同十日に小川正洋が加わり、そして九月一日に古賀浩靖が加わって五名の少人数による蹶起はいよいよ決定的となり具体的な手順が練られ始めた。

（9）

そのようなさ中の九月二十五日、三島は分とん地の月刊誌「たきがはら」に「滝ヶ原分とん地は第二の我が家」と題し、小文を寄せた（全集三四）。

〈滝ヶ原分とん地にお世話になりはじめてから、早いものですでに四年になる。

昭和四十二年の春、たつた一人でここの新教隊に、本名の「平岡」の名で入隊してから、翌春一ヶ月、その夏にも一ヶ月、昭和四十四年の春夏二ヶ月、今年もお世話になり、短期のレンジャー訓練を積み重ねてゐる。私自身もずいぶん古兵になつた。

滝ヶ原の厳しい冬を知り早春を知り富士桜の咲き乱れる陽春を知り、撫子の夏を知り、秋を知つた。

ここで新隊員と話をすると、逆に滝ヶ原の「昔」を教へるやうにもなつた。

私の生涯でも、自分の家以外に、こんなに長い時間をすごした場所は他にない、富士学校はわが母校、滝ヶ原は第二のわが家と人に言ふやうになつた。

ここでは終始温かく迎へられ、利害関係の何もからまない真の人情と信頼を以て遇され、娑婆ではつひに味はふことのない男の涙といふものを味はつた。

私にとつてはここだけが日本であつた。娑婆の日本の喪つたものの悉くがここにあつた。日本の男の世界の厳しさと美しさがここだけに活きてゐた。われわれは直接、自分の家族の運命を気づかふやうに、日本の運命について語り、日本の運営について憂へた。

それがすべてここでは自然であり、インテリの観念の上すべりも、大衆社会のかしましさもなく、ぢかに手にふれる手ざはり、ぢかに足で踏みしめる富士山麓の日本の大地の足ざはりを以て、日本の危機と困難と悲運について考へることができた。

ここは私の鍛錬の場所でもあり、思索の場所でもあつた。

私は、ここで自己放棄の尊さと厳しさを教へられ、思想と行為の一体化を、精神と肉体の綜合のきびしい本道を教へられた。

汗と労苦を男の強情我慢さ、忍耐を、極限の自己の探求を、規律を、それを克服した者のみの知る喜びを教へられた。

これらはすべて自衛隊の教官助教官諸官の無私の指導に負ふところのものであつた。

知らない間に、私は、あの傍観者たちの世界における異端者になつてゐた。

この私に対し、終始温かい後楯になつて下さつた歴代連隊長を始め、滝ケ原分とん地の方々のすべてに、私は感謝の一語あるのみである。

同時に、二、六時中自衛隊の運命のみを憂へ、その未来のみに馳せ、その打開のみに心を砕く、自衛隊について「知りすぎた」男になつてしまつた自分自身の、ほとんど狂熱的心情を自らあはれみもするのである。〉

これは自衛隊滝ヶ原分とん地に対する「惜別の辞」であり「遺書」である。自衛隊に対する愛惜の念と「自らをあわれむ」三島の心情がにじみ出ている。

四十一年前、共に原野を疾駆した滝ヶ原の情景が目に浮かぶ。

⑽

昭和四十五年十一月四日から六日にかけて二泊三日のリフレッシャー訓練が行われた。四十五名が参加した。最後の訓練となるのであるが、そんなことを知っている者は一人もいなかった。蹶起する五人を除いては。

最初の二日間で、富士山の周囲の一〇〇〇m級の複数の峠をわずかの水と食料だけで踏破するというハードなメニューが組み込まれた。自衛隊員でもまだやったことがないのだという。のどの渇きに耐えられず落ちていたリンゴの芯をかじったりしたが湧き水を見つけて飲んだときの旨さ、好天に恵まれ紅葉が鮮やかで目に染みたこと、満天の夜空から流れ星が降るように落ちて来るのを仰ぎながらの夜間の行進、三つ峠からの早朝の富士山の眺望は絶佳であったことなど、なぜか苦しかったことより楽しかった思い出が残っている。

そして、五日の晩、御殿場別館で打ち上げの宴が行われた。宴が始まる前、あまり会話を交わしたことがない先生が編者の隣に座られて雑談をした。

「この前バスに乗ったら、若い男が髪の毛を長く伸ばして後ろから見ると男か女かわからない」と嘆き、「俺はこの通り短髪だ、男性用化粧品なんか使わないよ、アフターシェービングローションだけは別だ、あれは消毒だからな」と、男は男らしくあるべし、というようなことを話された。

さて、宴が始まり、先生は冒頭の挨拶で「所期の目的を達成したので、今回で自衛隊の訓練は最後とする」と言われた。そして宴が進み、先生は「唐獅子牡丹」を歌った。そのあと蹶起メンバーの森田、小賀、古賀、小川の四人が、最近北海道を旅行してきて覚えたという当時はやっていた「知床旅情」を歌った。その様子を見て、あれ、なんであの四人が？　とその組み合わせを不思議に思ったことを記憶している。森田、小賀、小川の三名は七月に北海道を旅行、九月に加わった北海道に実家のある古賀は十月に帰省していたのである。

そして、先生がめいめい据えられたお膳の前に正座して、やや酒に上気した顔で一人一人に「ごくろうさまだった」とお酌をして回った。それが「別れの盃」であったと気付くのは二十日後の十一月二十五日のことである。


その前月十月の中頃であったと思う、編者は森田から呼び出しを受け新宿西口のすし屋で会った。愛郷塾に出入りしている編者に「五・一五事件の後、橘孝三郎はなぜ死ななかったのだ」と言われた。思ってもいなかった質問に少し躊躇して「日本の再建を託されていたからだ」と答えると「そうか、わかった」とうなずいた。仕送りの後だったので編者が勘定をすると「今度は俺がはらうよ」と言って別れた。いつもより少し硬い感じがしたが、それは後になって気付くことであった。

往時はいつも昨日のごとくであり、今もなお、たゞゞ不明を恥ぢるだけである。

(11)

昭和四十五年十一月二十五日、世界中が驚愕したその日は朝から快晴であった。

その日は楯の会の例会で会場に市ケ谷自衛隊の敷地内にある市谷会館が指定され、通知を受けた会員は三々五々会場に集まってきた。通知を受けた編者は当日のことをメモにしておいた。

―手記―

〈十一月二十五日は楯の会の例会の日であった。その日はよく晴れていた。会場である市ヶ谷会館についた十時二十五分頃にはまだ十名ほどしか来ていなかった。十月から三分の二ずつ参加させるとの先生の方針であったのだが、それにしても少し集まり方が遅いように思えた。やがて集合時間の十時三十分を過ぎても先生が来られないのでわれわれで先に会場に入ることにした。(この時誰かが「今日は先生と森田さんは遅れるから」といったような気もする。)……

その頃(十一時前後)、パトカーのサイレンが鳴り始め、音がいつもよりなんか多いのではないかと思いそんなことを口に出したりした。しかし、食事が終わっても一向に先生の姿をあらわす気配は見えず、ひっきりなしに鳴るパトカーのサイレンの音と入り混じって何事か起こったのではないかという不安に襲われ始めた。……しかし、サイレンの音はますます増えるばかりで不安は高まるばかりであった。そのちょっと前であったと思う、NHKと毎日の記者が入ってきて何やら用があるらしいような様子をしていた。鶴見の話では、田中健ちゃんに面会に来たらしいが健ちゃんは、「私は田中ではない」と言っているんだ、なんか変だなあ、ということであったが、やがてアタッシュケースから角封筒を取り出してその二人に手渡していた。

その頃、楯の会のものが五人くらいで自衛隊に殴りこんだらしい、というような「うわさ」が流れた。しかし、みんな一笑に付した。やがて、しきりに電話がかかってきて、代表のものに取り次いでほしいという話に対し、田中と鶴見と西尾達が応対していた。表では、いよいよサイレンの音が響き渡り、空にはヘリコプターが舞い、そのけたたましい爆音は我々の不安を二倍、三倍に高めていった。その後何度か電話がかかってき、話を聞こうと隣の部屋に入ろうとしたが、西尾に制せられドアは閉められてしまった。その時、西尾の表情にはただならぬ気配が漂っていた。もう異常事態が、先生・われわれ楯の会に発生したということは明らかであった。やがて三人が部屋に戻ってきて作業服にあわただしく着替え始めた。その表情は顔面蒼白であった。健ちゃんの指揮で全員が作業服に着替えた。二隊に分かれて突っ込もうかという話が聞こえた（この時、表は既に警察に包囲されていた）。しかし、われわれの中にはその三人以外何が起こったのか何がどうなっているのか全くわからなかった。ただはっきりわかっていることは大変な事態に今われわれはたたされているということであった。ドアから出て行った二人は間もなく戻ってきてなにやら相談していたが「先生の指示あるまでしばらく待機せよ。」との事であった。皆ひとまず席に座りなおしたが落ち着かず窓の外を見ると、向かいのビルの窓窓には人が群がっていた。「正面玄関にはカメラマンや機動隊がいる！」と誰かが叫んだ。僕は三人の前へ行って「いったい何が起こったんだ」と聞いたが、健ちゃんは「今言っていいかどうかわからない」とポツリ一言しゃべった。その前後、市ヶ谷会館の人たちが五、六人きて、腹を切ると言ったり、いつもの市ヶ谷駐屯地の人が来て、先生がすぐ来るようにとかなんとか言っていたが頭の中は混乱するばかりであった。冷静に、冷静にと言い聞かせたのだがとにかく何もわからず、部屋の中は不安と焦燥とが入り混じって重苦しい雰囲気であった。

十二時三十分頃誰かがラジオに気がついた。なんという不覚か、今まで部屋の中にあったラジオに気が付かなかったとは。早速ラジオに飛びついたがラジオは何も変わったことは知らせなかった。十二時四十五分頃、小堀？　が再びスイッチを入れてダイヤルを回した。ニュースが入った。全員耳を澄ました。「三島由紀夫と楯の会四人が市ヶ谷駐屯地に乱入、憲法改正を叫んで……三島由紀夫はその場で切腹、隊員が介錯をし、首は完全に落ち……森田必勝も割腹、介錯を受け……小川、小賀、古賀の三人は逮捕されました。……」まさか、まさか。一瞬自分の耳を疑った。呆然とした。こんなことが起ころうとは。何人かが号泣した。健ちゃんは「終わったんだ。すべて終わったんだ。全員制服に着替えろ！」と叫んだ。「落ち着け」と誰かが言った。誰もが信じられなかった。「ニュースだ、一時のＮＨＫのニュースだ」と誰かが言った。もう一度聞いた。ラジオは同じ事を告げたが、「気が狂ったとしか思えない」という佐藤総理と中曽根防衛庁長官の談話が付け加えられた。

〈昭和四十五年十二月初め篠原裕記す〉

(12)

楯の会の一期生で第一班の班長であった倉持（現姓本多）清と楯の会の会員に対し、便せん八枚にわたり遺書が残されていた。以下その全文である。

倉持君

まづ第一に、貴兄から、めでたい仲人の依頼を受けて快諾しつゝ、果せなかつたことをお詫びせねばなりません。

貴兄の考へもよくわかり、貴兄が小生を信倚してくれる気持には、感謝の他はありませんでした。それについて、しかし、小生は班長会議の席上、貴兄を面詰するやうな語調で、激しいことを言つたのを憶えてゐてくれるでせうか？

貴兄は、小生が仲人であれば、すべてを小生に一任したわけであるから、貴兄を就職と結婚の祝福の道へ導くことも、蹶起と死の破滅の道へ導くことも、いづれについても文句はない、といふ決意を披歴されたわけでした。

しかし小生の立場としては、さうは行きません。断じてさうは行きません。一旦仲人を引受けた以上、貴兄に対すると同様、貴兄の許婚者に対しても責任を負うたのであるから、許婚者を裏切つて貴兄だけを行動させることは、すでに不可能になりました。さうすることは、小生自身の名を恥かしめることになるでせう。

されぱこそ、この気持ちをぜひわかつてもらひたくて、小生は激しい言葉を使つたわけでした。

小生の小さな蹶起は、それこそ考へに考へた末であり、あらゆる条件を参酌して、唯一の活路を見出したものでした。活路は同時に明確な死を予定してゐました。あれほど左翼学生の行動責任のなさを弾劾してきた小生としては、とるべき道は一つでした。

それだけに人選は厳密を極め、ごくごく少人数で、できるだけ犠牲を少なくすることを考へるほかはありませんでした。

小生としても楯の会全員と共に義のために起つことをどんなに念願し、どんなに夢みたことでせう。しかし、状況はすでにそれを不可能にしてゐましたし、さうなつた以上、非参加者には何も知らせぬことが情である、と考へたのです。小生は決して貴兄らを裏切つたとは思つてをりません。蹶起した者の思想をよく理解し、後世に伝へてくれる者は、実に楯の会の諸君しかゐないのです。今でも諸君は渝らぬ同志であると信じます。

どうか小生の気持ちを汲んで、今後、就職し、結婚し、汪洋たる人生の波を抜手を切って進みながら、貴兄が真の理想を忘れずに成長されることを念願します。
さて、以下の頁は、楯の会会員諸兄への小生の言葉です。蹶起と共に、楯の会は解散されますが、今まで労苦を共にしてきた諸君への小生の気持ちを、ぜひ貴兄から伝へてもらひたいのです。

三島由紀夫

昭和四十五年十一月

倉持清大兄

この遺書が初めて全文が公開されたのは、昭和五十五年八月十五日発行の橘孝三郎機関誌「土とまごころ楯の会事件十周年記念号」である（八月九日の朝日新聞朝刊にも掲載された）。編集兼発行の阿部勉（楯の会一期生、故人）は、「「K君への遺書」（編者註・発表は実名を伏せた）は、事件当時、楯の会のリーダーの一人であったKさんへの私信です。私信ですが、私信の枠をはみ出す重みとある種の普遍性を持つと判断し、公開を渋るKさんを再三に亘って説得し、今号に掲載させてもらうことにしました。誤解されがちなところもあった楯の会隊長三島さんと隊員の関係を端的に表現していますし、特に三島さんの厳しくもこまやかな配慮がひしひしと伝わって来ます。」と編集後記に書いている。

(13)

次は楯の会会員に対する遺書である。事件から三十年後の平成十二年に公開された。

楯の会会員たりし諸君へ

諸君の中には創立当初から終始一貫行動を共にしてくれた者も、僅々九ヶ月の附合の若い五期生もゐる。しかし私の気持としては、経歴の深浅にかかはらず、一身同体の同志として、年齢の差を超えて、同じ理想に邁進してきたつもりである。たびたび、諸君の志をきびしい言葉でたしなめたやうに、小生の脳裏にある夢は、楯の会全員が一丸となつて、義のために起ち、会の思想を実現することであつた。それこそ小生の人生最大の夢であつた。日本を日本の真姿に返すために、楯の会はその総力を結集して事に当るべきであつた。

このために、諸君はよく激しい訓練に文句も言はずに耐へてくれた。今時の青年で、諸君のやうに、純粋な目標を据ゑて、肉体的辛苦に耐へ抜いた者が、他にあらうとは思はれない。革命青年たちの空理空論を排し、われわれは不言実行を旨として、武の道にはげんできた。時いたらば、楯の会の真価は全国民の目前に証明される筈であつた。

しかるに、時利あらず、われわれが、われわれの思想のために、全員あげて行動する機会は失はれた。日本はみかけの安定の下に、一日一日、魂のとりかへしのつかぬ癌症状あらはしてゐるのに、手をこまぬいてゐなければならなかつた。もつともわれわれの行動が必要なときに、状況はわれわれに味方しなかつたのである。

このやむかたない痛憤を、少数者の行動を以て代表しようとしたとき、犠牲を最小限に止めるためには、諸君に何も知らせぬ、といふ方法しか残されてゐなかつた。私は決して諸君を裏切つたのではない。楯の会はここに終り、解散したが、成長する諸君の未来に、この少数者の理想が少しでも結実してゆくことを信ぜずして、どうしてこのやうな行動がとれたであらうか？そこをよく考へてほしい。

日本が堕落の淵に沈んでも、諸君こそは、武士の魂を学び、武士の練成を受けた、最後の日本の若者である。諸君が理想を放棄するとき、日本は滅びるのだ。

私は諸君に、男子たるの自負を教へようと、それのみを考へてきた。一度楯の会に属した者は、日本男児といふ言葉が何を意味するか、終生忘れないでほしい、と念願した。青春に於て得たものこそ終生の宝である。決してこれを放棄してはならない。

ふたたびここに、労苦を共にしてきた諸君の高潔な志に敬意を表し、かつ尽きぬ感謝を捧げる。

天皇陛下万歳！

楯の会々長　三島由紀夫

昭和四十五年十一月

⒁

翌四十六年二月二十八日、三島瑤子未亡人の実家杉山家と関係の深い日暮里の神道禊大教会で解散式が行われ楯の会は正式に解散した。

事件に使われた「関の孫六」は同教会に納められているという。

小賀正義、小川正洋、古賀浩靖の三名は昭和四十七年四月二十七日、嘱託殺人等の罪により懲役四年の実刑判決を受け刑に服した。小川、古賀とはその後一度もあっていない。しきしま会会員の成田一英は古賀の郷土の二年後輩で親しくしており、氏を通じてかすかに消息を知りうるのみである。

小賀とは何度か会ってはいるものの事件のことは話したことがなかったが、昨夏、伊藤邦典と大阪で会い、当時の話をすることができた。居合を三十年来続けており、当日は師範になるための試験を済ませてきたのだと言った。酒の勢いで一度聞いておきたかったことを聞いた。「本当に死ぬ気だったのか？」、と。編者の愚問に対し、彼は少し笑みをたたえ「うん」と答えた。今、故郷有田市のかまぼこなどを作る小さな食品加工会社の「番頭」をしており、フルタイムで働いているという。小柄な体に気力体力を充実させ、まっすぐ前を向いて生きている姿に励ましを受けた。

持丸は小賀と親しく、亡くなる二、三年前に有田を訪れている。小賀は「早すぎる」とその死を悼んだ。土浦で行われた持丸の五十日祭には小賀から生花が届けられた。

（平成二八年一〇月一三日）

其の十七「革命哲学としての陽明学」

(1)

三島由紀夫は蹶起に向けて弓を引き絞りはじめたさ中、「諸君!」昭和四十五年九月号に「革命哲学としての陽明学」(全集三四)を表した。のち文芸春秋編集長、社長となる田中健五の話として、編集者として三島と永年交流のあった川島勝は「三島由紀夫」(平成八年、文芸春秋)で次のようなエピソードを書いている。

「昭和四十五年初夏のころというから自決の数か月前のことである。〈俺はいま陽明学のことしか興味がない。陽明学についてならしゃべってもいいよ。ただし原稿を書くのはお断りだ。忙しすぎるのでね〉(傍点筆者)ということで麹町のある旅館で口述筆記したのが「革命哲学としての陽明学」(「諸君!」昭和四五年九月号)である。ふつう口述というのは談話を速記にとり、それを編集者が文章体になおすのが通例である。この時もそのつもりだったらしいが、「三島氏は煙草をうまそうに一服し、庭の木立ちを見やりながら『それじゃ始めますか』と言ったかと思うと、滔々と『である』調の文章体でしゃべり始めた。レンガを積むような氏独特の正確で論理的な文章がなめらかに口をついて出てき、ほとんど言いなおしがない。長い編集者生活でもこんな経験ははじめてだった」と当時「諸君！」の編集長田中健五が編集後記の中で書いている。この二人の証言からみてもおそらく前夜綿密に準備したものと思われるが、三島の底知れぬ明晰さを見せつけられる思いがする。」もう一人の証言とは、

『文章読本』（昭和三十四年六月・中央公論社―編者註・全集二八）もその一つで、ここで三島はあらゆる様式の文章の面白さ美しさを豊富な実例と実作の経験から縦横に論じている。当時「婦人公論」の編集者であった近藤信行によると「座卓の上にあるのは、煙草と灰皿だけだった。胡坐をくんだ三島さんは座卓に両肘をついて、愛用の『光』をふかく喫いこんだかとおもうと、煙をはきだして、すらすらとしゃべりだすのだ。――ときおり虚空をみつめるように、あるときは速記者のしなやかな手つきに眼をおとしながら、三島さんはこの仕事をつづけた。それは機械のような正確さで、ほとんどよどみなく言葉が流れ出るのだった」（近藤信行「座卓」池田弥三郎編『四季八十彩』日清製粉所収）この口述は二時間ずつ四回行われ、あとで原稿を整理して持参すると、簡単な表記を訂正しただけで、特に加筆などはしなかったと回想している。」である。

また川島は同書の中で、「当代まれにみるクレバーな認識者で、そのアタマはペンタゴン（アメリカ国防総省）の電子計算機以上に働く」（『矢来町半世紀』、新潮社）との野平健一（新潮社の編集者などをつとめ、「カミソリノヒラ」と渾名された）の述懐を紹介している。三島の頭の冴えは計り

知れない。

（2）

さて「革命哲学としての陽明学」である。

陽明学を抜きにしては三島の最後の行動を理解することはできない。困難を承知で同論文より三島の考えをたどってみることとする。

朱子学の一分派と言われる陽明学はインテリによりタブー視されている思想の一つであると次のように云う。

〈今日でも、インテリが触れてはならぬと自戒してゐるいくつかの思想的タブーがあり、武士道では「葉隠」、国学では平田（篤胤）神学、その後の正統右翼思想、したがつて天皇崇拝等々は、それに触れたが最後、インテリ社会から村八分にされる危険があるものとされてゐる。さういふものを何か「いまはしい」ものと考へるインテリの感覚の底には、明治の開明主義が影を落してゐる。西欧的合理主義者の移入者であり代弁者であるところに、自己のプライドの根拠を置いてきた明治初期の留学生の気質は、今なほ日本知識層の気質の底にひそんでゐる。決して西欧化に馴染まぬものは、未開なもの、アジア的なもの、蒙昧なもの、いまはしいもの、

醜いもの、卑しむべきもの、外人に見せたくないもの、として押入の奥へ片付けておく。陽明学もその一つであつたのである。〉

しかしながら、「陽明学を無視して明治維新を語ることはできない」とし、

〈明治維新は、私見によれば、ミィスティシズムとしての国学と、能動的ニヒリズムとしての陽明学によつて準備された。本居宣長のアポロン的な国学は、時代を経るにしたがつて平田篤胤、さらには林桜園のようなミィスティックな神がかりの行動哲学に集約され、平田篤胤の神学は明治維新の志士たちの直接の激情を培つた。

また、これと並行して、中江藤樹以来の陽明学は明治維新的行動のはるか先駆といはれる大塩平八郎の乱の背景をなし、大塩の著書「洗心洞箚記《さつき》」は明治維新後の最後のナショナルな反乱ともいふべき西南戦争の首領西郷隆盛が、死に至るまで愛読した本であつた。また、吉田松陰の行動哲学の裏にも陽明学の思想は脈々と波打つてをり、一度アカデミックなくびきをはづされた朱子学は、もとの朱子学が体制擁護の体系を完成するとともに、一方は異端のなまなましい血のざわめきの中へおりていき、まさに維新の志士の心情そのものの思想的形成にあづかるのである。〉

と、明治維新の思想的背景を語る。

そして、井上哲次郎博士の「王陽明の哲学の心髄骨子」から、その理論的柱として次の四点をあげる。

一、理気一言説
二、致良知説
三、知行合一説
四、四箇格言

さらに陽明学は、「日本に移入されてから一層めざましく発展し、中江藤樹、熊沢蕃山を始めとして、「林子平、梁川星巌、大塩中斎、佐藤一斎、また西郷南洲、横井小楠、真木和泉守、雲井龍雄、その他明治維新をいろどる幾多の偉大な星を、この思想は生んだ。」と博士の陽明学概論について述べる。

（3）

次いで三島は、天保年間飢饉に際し手をこまねく腐敗した権力者の打倒と貧民救済を目的に蜂起（大塩平八郎の乱）、目的を果たせず失敗に終わった大阪の与力大塩平八郎について述べる。

〈先に言った陽明学のいくつかの特色のうち、大塩が最も強調したのは、「帰太虚」である。

太虚の説こそは「良知」に至る「致良知」の必然的な論理的帰結であると主張してゐる。……太虚に帰すべき方法としては、真心をつくし誠をつくして情欲を一掃し、そこへ入つていくほかはない。形あるものはすべて滅び、すべて動揺する。大きな山でさえ地震によってゆさぶられる。何故なら形があるからである。しかし、地震は太虚を動かすことはできない。これでわかるやうに心が太虚に帰するときに、初めて真の「不動」を語ることができるのである。すなはち、太虚は永遠不滅であり不動である。心がすでに太虚に帰するときは、いかなる行動も善悪を超脱して真の良知に達し、天の正義と一致するのである。

その太虚とは何であるか。人の心は太虚と同じであり、心と太虚とは二つのものではない。また、心の外にある虚は、すなはちわが心の本体である。かくて、その太虚は世界の実在である。この説は世界の実在はすなはちわれであるといふ点で、ウパニシャッドのアートマンとははなはだ相近づいてくる。

大塩平八郎はその「洗心洞箚記」にもいふやうに、「身の死するを恨まず、心の死するを恨む」といふことをつねに主張してゐた。この主張から大塩の過激な行動が一直線に出てきたと思はれるのである。心がすでに太虚に帰すれば、肉体は死んでも滅びないものがある。だから、肉体の死ぬのを恐れず心の死ぬのを恐れるのである。心が本当に死なないことを知つてゐるならば、この世に恐ろしいものは何一つない。決心が動揺することは絶対ない。そのときわれわれは天命を知るのだ、と大塩は言つた。〉

（4）

三島は、このような大塩の学説がだんだんと現代との共通点に入っていく、と述べる。
〈われわれは心の死にやすい時代に生きてゐる。しかし、平均年齢は年々延びていき、ともすると日本には、平八郎とは反対に、「心の死するを恐れず、ただただ身の死するを恐れる」というふ人が無数にふえていくことが想像される。肉体の延命は精神の延命と同一に論じられないのである。われわれの戦後民主主義が立脚してゐる人命尊重のヒューマニズムは、ひたすら肉体の安全無事を主張して、魂や精神の生死を問はないのである。
　社会は肉体の安全を保障するが、魂の安全を保障しはしない。心の死ぬことを恐れず、肉体の死ぬことばかり恐れてゐる人で日本中が占められてゐるならば、無事安泰であり平和である。しかし、そこに肉体の生死をものともせず、ただ心の死んでいくことを恐れる人があるからこそ、この社会には緊張が生じ、革新の意欲が底流することになるのである。〉
「檄」の中で三島は、「生命尊重のみで、魂は死んでもよいのか」とうったえた。三島の予言は当たり、半世紀を経ても強固に根を張った「戦後民主主義」は微動だにしない。さらに云う。

〈大塩の思想にわれわれがさらに親近感を抱くのは、彼が他に、虚偽を去るの説を唱へたことであつた。己れを欺き人を欺くのは良知に反する所業である、とは彼の信念であつた。われわれはこのやうな徹底的絶対的な誠実に立つときに、直ちに身の危険を感じなければならない。人を欺くときにはすでに己れを欺いてゐることは、われわれの生活経験から明らかである。現代といふ巨大な偽善の時代にあつて、虚偽を卑しんだ大塩の精神は、われわれが一つの偽善を容認すれば、百、千の偽善を容認しなければならないことを教へてゐる。そして、偽善はたちまち馴合ひを生じ、一つの偽善に荷担した人間は、同じ偽善に荷担した百万の人間と結ぶのである。大塩はこの偽善に体をぶつけて死んだのだともいへよう。もちろん封建制度下の相互監視のゆきとどいた時代における偽善と、現代民主主義社会の偽善とは性質も違へば次元も違つてゐる。しかしその偽善の認識を直ちに行動に移さうとすれば、人々が無数の障害に遭はねばならぬ点では同じであらう。〉

大塩は偽善に体をぶつけて死んだのだ、と云う。三島は偽善を最も嫌った。やがて日本国憲法と戦後民主主義という巨大な偽善に自らの体をぶつけて死ぬことの困難さを思い浮かべながら語ったのであろうか。

「檄」の中で三島は、

〈われわれは戦後の日本が、経済的繁栄にうつつを抜かし、国の大本を忘れ、国民精神を失ひ、本を正さずして末に走り、その場しのぎと偽善に陥り、自ら魂の空白状態へ落ち込んでゆくのを見た。政治は矛盾の糊塗、自己の保身、権力慾、偽善にのみ捧げられ、国家百年の大計は外国に委ね、敗戦の汚辱は払拭されずにただごまかされ、日本人自ら日本の歴史と伝統を潰してゆくのを、歯噛みをしながら見てゐなければならなかつた。〉と嘆いた。

（5）

話は西郷南洲へと移る。西南の役における西郷の死は、それから四十年後である。

〈……西郷南洲の西南の役における死に思ひ及ぶと、西郷の生涯が再び陽明学の不思議な反知性主義と行動主義によつて貫かれてゐることにわれわれは気づく。西郷の「手抄言志録」によれば、その第二十一には、死を恐れるのは生まれてからのちに生じる情であつて、肉体があればこそ死を恐れるの心が生じる。そして死を恐れないのは生まれる前の性質であつて、肉体を離れるとき初めてこの死の性質をみることができる。したがつて、人は死を恐れるといふ気持のうちに死を恐れないといふ心理を発見しなければならない。それは人間がその生前の本性に帰ることである、といふ意味のことをいつてゐる。

……

西郷には「南洲遺訓」といふもう一つの著書があるが、ここにも陽明学の遠い思想的な影響は随所に見られる。……西郷隆盛の言葉のうちでもつとも大塩平八郎と深い因縁を結んでゐるやうに思はれるのは、次の箇所である。

聖賢に成らんと欲する志無く、古人の事跡を見、迚《とて》も企て及ばぬと云ふ様なる心ならば、戦に臨みて逃るより猶ほ卑怯なり。朱子も白刃を見て逃る者はどうもならぬと云はれたり。誠意を以て聖賢の書を読み、その処分せられたる心を身に体し心に験する修行致さず、唯个様《かよう》の言个様の事と云ふのみを知りたるとも、何の詮無きもの也。予今日人の論を聞くに、何程尤もに論する共、処分に心行き渡らず、唯口舌の上のみならば、少しも感ずる心之れ無し。真に其の処分有る人を見れば、実に感じ入る也。政権の書を空く読むのみならば、譬へば人の剣術を傍観するも同じにて、少しも自分に得心出来ず。自分に得心出来ずば、万一立ち合へと申されし時逃るより外有る間敷也。（西郷南洲遺訓ノ三六）

この文章などは、われわれの中で一人の人間の理想像が組み立てられるときに、その理想像に同一化できるかできないかといふところに能力の有無を見てゐる点で、あたかも大塩平八郎の行動を想起させるのである。聖人がわれわれの胸奥に住むならば、その聖人とわれわれとは同格でなければならない。甚だ傲慢な哲学であるが、それはあたかも「葉隠」の、「われは日本一なりとの増上慢なくてはお役に立ち難し」といふやうな自我哲学の絶頂と照応してゐる。

このやうな同一化の可能性が生じないで、ただおとなしくこれを学び、ひたすら聖人に及ばざることのみを考へてゐるところからは、決して行動のエネルギーは湧いてはこない。同一化とは、自分の中の空虚を巨人の中の空虚と同一視することであり、自分の得たニヒリズムをもつと巨大なニヒリズムと同一化することである。〉

三島は、自らの空虚を大塩、西郷等の空虚と同一化するべく自らを励まし、そして語ったであろうか。

（6）

さらに大塩、西郷に続いて吉田松陰を語る。

〈……松陰は一つの空虚を巨大な空虚に結びつけ、一つの小さな政治的考慮を最高の理想に結びつけて、小さな行動を最終の理念に直結させるための跳躍の姿勢をさまざまにためした。そのとき狭い獄舎の中で松陰が試みた精神的ジャンプは、たちまち日常生活の次元を超えて、空間と時間とを新しい次元へ飛躍させたのである。

松陰が入つていつたこのやうな心境を證明するもっとも恐ろしく、私の忘れがたい一句は、「天地の悠久に比せば松柏も一時蠅なり」といふものだ。この一句は次のやうな一文から出てゐる。

死生の悟が開けぬと云ふは、余り至愚故、詳に云はん、十七八の死が惜しければ、三十の死も惜しし、八九十百になりても、是れで足りたと云ふことなし、草蟲水蟲の如く半年の命のものもあり、是れを以て短しとせず、松柏の如く数百年の命のものもあり、是れを以て長しとせず、天地の悠久に比せば、松柏も一時蠅なり、只伯夷などの如き人は固より漢唐宋明を経、清に至りて未だ滅せず、若し当時太公望の恩に感じて西山に餓死せずば、百迄死せずとも短命と云ふべし、何年限り生きたれば、気が済むことか、前の目あてもあることか、浦島式内も今は死人なり、人間僅か五十年、人生七十古来稀何か腹のいえる様な事を遣りて死なねば、成佛は出来ぬぞ、云云、(維新資料第八編)

そのとき松陰は、人生の短さと天地の悠久との間に何ら差別をつけてゐなかつた。われわれの生存がもつてゐる種々の困難、われわれの日々の生が担つてゐるもろもろの条件を脱却して、直ちに最小のものから最大のものに、もつとも短いものからもつとも長いものへ一ぺんに跳躍し、同一視する観点を把握してゐた。死を前にして行動家が得たこのやうなものの見方は同時に、空間的には太虚に入ることによつて、自分の小さな空虚をも太虚に帰することができる、といふ帰太虚の説を思ひ出させるのである。即ち、始めにもいつたやうに、小さな壺（人間の肉体）を打ち砕いたときに、その壺の中の空虚は直ちに太虚に帰することができるのである。〉と、二十九歳で生涯を閉じた吉田松陰の思想と行動に思いをはせる。

（7）

そして陽明学はさまざまな日本化された形で脈々と伝えられてきたといい、〈この陽明学はおそらく、乃木大将の死に至つて、日本の現代史の表面から消えていつたやうに思はれる。その後、陽明学的な行動原理は学究を通じてではなくて、むしろ日本人の行動様式のメンタリティの基本を形づくることになつて、ひそかに潜流し始めたものであらう。昭和の動乱の時代から今日に至るまで、日本人が企てた行動には、西欧人が企及し得ぬ、また想像し得ぬさまざまな不思議な要素がふくまれてゐる。そしてその日本人の政治行動自体には、完全な理性主義や主知主義に反するところの不思議な暴発状況や、無効を承知でやつた行動のいくつかのめざましい事例がみられるのである。

何故日本人はムダを承知の政治行動をやるのであるか。しかし、もし真にニヒリズムを経過した行動ならば、その行動の効果がムダであつてももはや驚くに足りない。陽明学的な行動原理が日本人の心の中に潜む限り、これから先も、西欧人にはまつたくうかがひ知られぬやうな不思議な政治的事象が、日本に次々と起ることは予言してもよい。〉

と、自らの蹶起を「予告」した。

そして西欧化に対する抵抗は精神による抵抗でなければならず、そのためには日本の中に浸潤している西欧化の弊害を革正することが必要であり、その方法論として行動哲学としての陽明学の意義について次のように語るのである。

〈陽明学が示唆するものは、このやうな政治の有効性に対する精神の最終的な無効性にしか、精神の尊厳を認めまいとするかたくなな哲学である。いつたんニヒリズムを経過した尊厳性が精神の最終的な価値であるとするならば、もはやそこにあるのは政治的有効性にコミットすることではなく、今後の精神と政治との対立状況のもつともきびしい地点に身をおくことでなければならない。そのときわれわれは、新しい功利的な革命思想の反対側にゐるのである。陽明学はもともと支那に発した哲学であるが、以上にも述べたやうに日本の行動家の魂の中でいつたん完全に濾過され日本化されて風土化を完成した哲学である。もし革命思想がよみがへるとすれば、このやうな日本人のメンタリティの奥底に重りをおろした思想から出発するより他はない。一方、国学のファナティックなミスティシズムが現代に蘇ることがはなはだむづかしいとするならば、陽明学がその中にもつてゐる論理性と思想的骨格は、これから先の革新思想の一つの新しい芽生えを用意するかもしれない。

われわれの近代史は、その近代化の厖大な波の陰に、多くの挫折と悲劇的な意欲を葬つてきた。われわれは西欧に対して戦ふといふときに何をもとにして戦ふかを、つひに知らなかつた。そして西欧化に最終的に順応したものだけが、日本の近代化における覇者となつたのである。明治政府自体が西欧化による西欧に対する勝利といふ理念を掲げたときに、その実力による最終証明となつたものは日露戦争であつたから、その後の日本は西欧的な戦争を戦ふことによつて西欧に打ち勝つといふ固定的観念に向かつて進んで、第二次大戦の破局に際会した。一方目覚めたアジアは、アジア独特の思考によりベトナムや中共で西欧化に対するしたたかな抵抗の作戦を展開した。それらはもちろん、地理的な条件やさまざまな風土的な条件の恵みによることはもちろんであるが、日本が貿易立国によつて進まねばならない島国といふ特性を有しながらも、アジアの一環に属することによつて西欧化に対する最後の抵抗を試みるならば、それは精神による抵抗でなければならないはずである。

精神による抵抗は反体制運動であると否とを問はず、日本の中に浸潤してゐる西欧化の弊害を革正することによつてしか、最終的に成就されない道である。そのとき革新思想がどのやうな形で西欧化に妥協するかによつて、無限にその政治的有効性の方向に引きずられていくことは、戦後の歴史が無残に証明した如くである。われわれはこの陽明学といふ忘れられた行動哲学にかへることによつて、もう一度、精神と政治の対立状況における精神の闘ひの方法を、深く探求しなほす必要があるのではあるまいか。〉

三島由紀夫は「葉隠」を人生の指針として生き、「陽明学」の哲理を支えとして死に向かっていった。別の言い方をすれば「葉隠」と「陽明学」は三島の人生の生と死の両面のそれぞれの師であった、といえるのではないだろうか。

（平成二八年一〇月二一日）

其の十八「四つの河」と「最後の言葉」

（1）

蹶起の直前十一月十二日から十七日まで池袋東武百貨店で「三島由紀夫展」が開催された。会場は三島の生涯を四つに区分して、入り口から「書物の河」「舞台の河」「肉体の河」「行動の河」と構成展示された。四つの河の入り口には毛筆によるそれぞれの河のタイトルが展示され、出口には同様に「豊饒の海へ注ぐ」と展示された。三島由紀夫の研究家で蒐集家でもある犬塚潔（形成外科医）の著書「三島由紀夫と森田必勝」によれば、これは十月十三日銀座東急ホテルの一室で蹶起する四人を前にして書かれ、三島は「これらの書は三～四〇〇年後には国宝になるよ」と言ったという。またそれぞれの河の説明文は、四つに区切られた各会場の入り口に展示された。三島は大きさが通常の十六倍と拡大された原稿用紙に、展覧会関係者が見守る中、何も見ずにフェルトペンで一気に書き上げたという。一字の修正もなく、全てが四百字詰めの原稿用紙にピタリと収まっている。

三島は展覧会のカタログ（全集三四）に次のように書いた。

※

〈六年がかりの長編「豊饒の海」がそろそろ終りに近づきかけてゐる折も折、東武デパートから展覧会の話を持ち込まれたので、私の文学生活も四半世紀に垂《なんな》んとして、ここらで整理の仕時だと思つてゐた気持が、この企画に私を自然に応じさせた。作家自身が仕事の過去をふりむきはじめたおしまひだが、第三者がさうすることは妨げない。私は一案を出して、矛盾に充ちた私の四十五年を、四つの流れに区分し、この「書物」「舞台」「肉体」「行動」の四つの河が、「豊饒」の海へ流れ入るやうに構成した。さうすることによつて、展覧会の入場者は、自分の好きな河のみを選び、きらひな河は見ることを避けて、場内を一巡することができるのである。もちろん四つの河全部を経廻《へめぐ》つて下さる入場者には感謝の他はないが、私にはさういふ人が多からうとはとても信じられないのである。

書物の河

この河は水の恵みによつて私の農地の耕作を助け、私の生活を支へ、時には氾濫を起して、私をほとんど溺死させる。これは季節のめぐり、時の経過と共に、限りない忍耐と日々の労働を要求する河である。ものを書くことと農耕とは、いかによく似てゐることであらう。嵐にも霜にも、精神は一刻の油断もゆるされず、たえず畑を見張り、詩と夢想の果てしない耕作のあげくに、どんな豊饒がもたらされるか、自ら占ふことができない。書かれた書物は自分の身を離れ、もはや自分の心の糧となることはなく、未来への鞭にしかならぬ。どれだけ烈しい夜、どれだけ絶望的な時間がこれらの書物に費やされたか、もしその記憶が累積されてゐたら、気が狂ふにちがひない。……しかし、今日も亦、次の一行、次の一行と書き進めてゆくほかに、生きる道はないのだ。

舞台の河

かつて舞台は、仕事をすませてから出かけてゆく愉しい夜会のやうなものであつた。そこには光彩陸離たる別世界があり、私の創造した人物が、美しい舞台装置の前で、美しい衣裳を身に着けて、笑ひ、怒り、悲しみ、踊つてゐた。そのすべてを、劇作家である私は裏側から支配してゐた。……しかしその愉しみは、徐々に苦味《にがみ》に変つた。人々に人生のもつとも光輝ある瞬間の幻影を与へ、美のこの世の現前を見せる幻術が、次第にこちらの心を蝕んで来たのである。しかし、劇作家の孤独などは繰り言にすぎぬ。にせものの血が流れる絢爛たる舞台は、もしかすると、人生の経験よりも強い深い経験で、人々を動かし富ますかもしれない。音楽や建築に似た戯曲といふものの抽象的論理的構造の美しさは、やはり私の心の奥底にある「芸術の理想」

の雛型であることをやめないのだ。

肉体の河

この河は、その水路を、人生の途中から私にひらいてくれた新しい河であつた。私は精神といふ目に見えないものが、目に見える美を作りつづけるといふことに飽き足りないでゐた。自分も目に見えるものになつてどうしていけないのか？　しかしそのための必要な条件は肉体である。私はやうやくこれを手に入れると、新しい玩具を手に入れた子供のやうに、みんなに見せ、みんなに誇り、みんなの前で動かしてみたくてたまらなくなつた。私の肉体はいはば私のマイ・カーだつた。この河は、マイ・カーのさまざまなドライヴへ私を誘ひ、今まで見なかつた景色が私の体験を富ませた。しかし肉体には、機械と同じやうに、衰亡といふ宿命がある。私はこの宿命を容認しない。それは自然を容認しないのと同じことで、私の肉体はもつとも危険な道を歩かされてゐるのである。

行動の河

肉体の河は、行動の河を自然にひらいた。女の肉体ならそんなことはあるまい。男の肉体は、その本然の性質と機能によつて、人を否応なしに、行動の河へ連れてゆく。もつとも怖ろしい密林の河。鰐がをり、ピラニアがをり、敵の部落からは毒矢が飛んで来る。この河と書物の河とは正面衝突をする。いくら「文武両道」などと云つてみても、本当の文武両道が成立つのは、死の瞬間にしかないだらう。しかし、この行動の河には、書物の河の知らぬ涙があり血があり汗がある。言葉を介しない魂の触れ合ひがある。それだけにもつとも危険な河はこの河であり、人々が寄つて来ないのも尤もだ。この河は農耕のための灌漑のやさしさも持たない。富も平和ももたらさない。安息も与へない。……ただ、男である以上は、どうしてもこの河の誘惑に勝つことはできないのである。〉

※

死への花道とでもいうべき展覧会を百貨店で完璧に行い、そこで自らの思いを簡潔明瞭に語り、別れの言葉を残し（誰も気付かなかったが）、一週間後決然この世を去った。「空前絶後」とはこのことを言うのであろう。

この展覧会は編者も見に行ったが、大変な盛況で期間中の入場者は五万四千人に達したという（「三島由紀夫の生涯」、安藤武）。入場料無料とはいえ一日約一万人である。一体三島由紀夫とはどんな存在だったのだろうか。

（2）

当時「平凡パンチ」という週刊誌があった。発行部数は八〇万部、時には一〇〇万部を超えることもあった。読者層は十八～二十六歳の学生を中心とした男性層である。楯の会の三期生～五期生までの会員募集を同誌にて行った。その平凡パンチで三島が自裁するまで担当者であった椎名和は「平凡パンチの三島由紀夫」（平成一九年、新潮社）で、

「メディアから日本で最初にスーパースターと呼ばれたのが作家の三島由紀夫だ」と言い、

「洗練されたコロニアル式の白亜の家を建て、有名画家の娘と結婚し、二児の父であり、日本人で最初にサイケ・クラブで踊り、ボディビル、ボクシング、剣道の有段者、そして見事な胸毛と筋肉を誇示し、男性ヌードモデル第一号の誉れを得て、ジェット戦闘機で超音速飛行体験をし、マッハGバッジをさずけられ、パーティの招待状にはティファニーの便せん封筒を使い、大金を投じて私設軍隊をつくり、本業の小説のほうではベストセラーから純文学作品まで書きあげ、日本人初のノーベル文学賞候補といわれた。さらにやくざ映画に主演して話題をよび、映画の製作もし、せっせと世界中を旅行した。このような破天荒な行動をした作家は、三島由紀夫ひとりである。」と書いている。以下同書から引用をつづける。

『三島の文壇以外での、人気・知名度は、ピークに達しつつあった。一九六七年春、平凡パンチ（五月八日号）で、〈オール日本ミスター・ダンディはだれか？〉という読者投票による、人気ランキングを決める特集記事があった。当時八十万部を発行していた平凡パンチ誌の読者層は、十八〜二十六歳の学生を中心とした男性層。選ばれる側は、スポーツ選手、歌手・俳優、作家・芸術家、政財界人など、あらゆるジャンルの男性著名人。企画主旨として、次のような宣伝文が掲載された。「ダンディとは、クラシックでありながら、つねに新しさを失わない男性的なことばである。それならば、〈〝現代のダンディ〟とはどんな男性をいうのだろうか〉——この新しいダンディのイメージをキミたちの投票によってつくりあげようと思う。」総投票総数は、一一万一一九二票。官製ハガキで投票する形式であった。六週間にわたる投票の結果、

一位が、一万九五九〇票で、三島由紀夫、
二位　三船敏郎、
三位　伊丹十三、
四位　石原慎太郎、
五位　加山雄三、
六位　石原裕次郎、

七位　西郷輝彦、
八位　長嶋茂雄、
九位　市川染五郎（現・松本幸四郎）、
十位　北大路欣也。（原文改行）

結果講評は、評論家、虫明亜呂無。「『私は、ダンディになりたくないし、ダンディであるとも思っていない』と、三島由紀夫氏はいっている（「パンチ」三月二十日号）。その三島氏が最高得票で、ミスター・ダンディにえらばれたのである。皮肉である。痛快である。しかし、このことがはっきり、現代のダンディの性格を明らかにしているようだ。（…）つまり、ダンディの第一条件は、発言力を持ことだ、と、私は思う。」

この講評記事の題は、〈三島由紀夫はパンチ世代のアイドルである〉、つまり、三島は現在の木村拓哉的存在だった。

……

一九六八年の夏、同誌（八月二十六日号）では、前年の読者人気投票〈オール日本ミスター・ダンディはだれか？〉に続いて〝世界一の男性〟を決める「ミスター・インターナショナル」の最終結果発表記事が掲載された。今度は、全世界の〝生存している〟男性の政財界人、芸能・文化人、作家・芸術家、科学者・医者を対象として、日本の若者たちが選んだ。
一位　フランスのド・ゴール大統領、
二位　三島由紀夫、
三位　北ベトナム指導者、ホー・チ・ミン、
四位　松下幸之助（松下電器産業会長）、
五位　バーナード博士（世界初の心臓移植手術に成功）、
六位　ジョン・レノン、
七位　石原慎太郎（この人気投票の一ヶ月前に、参議院選挙に出馬し、トップ当選）、
八位　中国最高指導者、毛沢東、
九位　米国黒人運動の過激派ブラック・パンサーのリーダー、ストークリー・カーマイケル、
十位　フィデル・カストロ（戦友チェ・ゲバラは一九六七年にボリビアで処刑されている）。
（原文改行）
……

二位に入った三島については横尾忠則（イラストレーター）が、こう書いた。「三島由紀夫氏に投票した二六、二六五人の全てが氏の小説を読んでいるかということになると疑わしい。（…）氏の文

学理念に共鳴したという理由で氏を推した人より、むしろ氏の多面的な行動に魅せられたというのが大部分ではないかと思う。組織化された体制の中で、ますます単一化の傾向の時、スペシャリストを否定して『なんでもやりたいことをやる』氏の自己変革の思想に、若者たちはカッコイイ男性の理想像を見るのだろう。（…）今後も、氏自らの未知への可能性に挑戦していく氏の宇宙にも似た計り知れない神秘な行動に、いつの時代の若者も、三島由紀夫氏を偶像として支持していくことだろう。』』

三島由紀夫はスーパースターだったのである。

（3）

展覧会の終わった翌日十一月十八日、事件一週間前である。三島は図書新聞の企画「戦後派作家は語る」として思想的立場を異にする評論家古林尚と対談した。（「三島由紀夫最後の言葉」昭和四五年一二月一二日、図書新聞、全集補一。現在新潮社よりCDとなって出版されている）

その中で楯の会について古林が論及し三島が応対する場面がある。有名な箇所で多くの研究者や評論家が引用しているところである。

古林　……あの民兵たちは日本の軍国主義化の地ならし、徴兵制実施のためのチンドン屋といふことになりませんか。三島さんにその意志がなくても、利用しようといふやつはわんさとゐるはずですよ。

三島　古林さん、今にわかります。ぼくは、今の時点であなたにはつきり言つておきます。今にわかります。さうでないといふことが。

古林　いやいや、三島さんの意図の問題じやないんです。その客観的な役割が……。

三島　ぼくは絶対利用されませんよ。今の段階に極限して見れば、それは利用とも言へるでせう。彼らはいま、ぼくを利用価値があると思つてゐますよ。しかし、まあ長い目で見てください。ぼくはそんな人間ぢやない。

古林　三島さん個人の意志じやなくて、周囲であれを悪用しようと待ちかまへてゐる連中の動向が心配なんです。天皇制についても同じですよ、〈楯の会〉と同じやうに強い危惧を感じますね、私は。

三島　それはごもつともな心配です。だが、ぼくはさうやすやすと敵の手には乗りません。敵といふのは、政府であり、自民党であり、戦後体制の全部ですよ。社会党も共産党も含まれてゐます。ぼくにとつては、共産党と自民党とは同じものですからね。まつたく同じものです。どちらも偽善の象徴ですから。ぼくは、この連中の手にはぜつたい乗りません。いま

に見てゐてください。ぼくがどういふことをやるか。（大笑）

この対談では多くの重要な問題が語られておりこれまでに何カ所か引用した。それらを含め三島が語り又残した言葉に共通していることは、戦後のいや現在もずっと続いているタブーに対する挑戦である。そして三島は、

三島　……いま、ぼくのやらうとしてゐることは、人には笑はれるかもしれないけれども、正義の運動であつて、現代に正義を開顕するんだといふ目的を持つてゐるんです。吉田松陰の生き方ですよ。正義を開顕する以外にすることはない。……ぼくには正義が問題です。どう言はれようとやります。

と語り、その通り実行した。

三島由紀夫が私たちに残したものは、半世紀を閲しても決して薄れることなくますます重くのしかかってくる。

（平成二八年一〇月二四日）

其の十九「美、エロティシズム、死」

〈三島　……僕が現代ヨーロッパの思想家で一番親近感をもつてゐる人がバタイユで、彼は死とエロティシズムとのもつとも深い類縁関係を説いてゐるんです。その言ふところは、禁止といふものがあり、そこから解放された日常があり、日本民俗学で言へば晴《はれ》と褻《け》といふものがあつて、さういふもの――晴がなければ褻もないし、褻がなければ晴もないのに――つまり現代生活といふものは相対主義の中で営まれるから、褻だけに、日常性だけになつてしまつた。そこからは超絶的なものが出てこない。超絶的なものがない限り、エロティシズムといふものは存在はできないんだ。エロティシズムは超絶的なものにふれるときに、初めて真価を発揮するんだとバタイユはかう考へてゐるんです。

……

三島　僕の場合には、バタイユから啓発されたんで、バタイユそのままではありません。ぼくの内面には美、エロティシズム、死といふものが一本の線をなしてゐる。

……

三島　さつき申し上げた美、エロティシズム、死といふ図式はつまり絶対者の秩序の中にしかエロティシズムは見出されないといふ思想なんです。ヨーロッパなら、カトリシズムの世界にしかエロティシズムは存在しないんです。あそこには厳格な戒律があつて、そのオキテを破れば罪になる。罪を犯した者は、いやでも神に直面せざるを得ない。エロティシズムといふのは、さういふ過程をたどつて裏側から神に達することなんです。それは、ぼくの「サド侯爵夫人」のテーマなんですが、サドはそれを十八世紀にやつたんですね。……そのあとに出てきたのは、エロティシズムは反体制だといふ愚劣な思考です。だけど、いまの相対主義的な世界におけるエロティシズムといふのは、フリー・セックスでせう。なんにも抵抗がない。あんな絶対者にかかはりを持たぬセックスなど、ぼくはエロティシズムとは呼びたくないですね。

古林　……私の批判はどうやらあなたの論理とは噛み合はなかつたみたいですね

三島　立場がまつたく違ひますからね。ぼくの考へでは、エロティシズムと名がつく以上は、人間が体をはつて死に至るまで快楽を追及して、絶対者に裏側から到達するやうなものでなくちやいけない。だから、もし神がなかつたら神を復活させなければならない。神の復活がなかつたら、エロティシズムは成就しないんですからね。ぼくは、さういふ考へ方をしてゐるから、無理にでも絶対者を復活させて、そしてエロティシズムを完成します。これは、その辺にある日常的なセックスなんかとまるで次元が違ふ、まあ一種のパン・エロティシズムなんですよ。ぼくは、その追及がぼくの文学の第一義的な使命だと覚悟してゐるんです。〉

（「最後の言葉」、全集補一）

と、「美、エロティシズム、死」について語る。難解である。バタイユは著書「エロティシズム」（ちくま学芸文庫）の冒頭で「エロティシズムとは、死におけるまで生を称えることだといえる。これは、厳密に言えば、定義ではない。しかしこの表現はほかのどれよりもみごとにエロティシズムの意味を語っていると私は思う。」と書いている。難解さの理由の一つは「エロティシズム」という語の定義、解釈にあるのではないかと思われる。私たちがいだいているエロティシズムの一般的な解釈のイメージからすると理解は困難になる。

※

三島は「死」について多くのことを語っている。

〈そして早くも、若さとか青春といふものは、莫迦々々しいものだ、と考へだしてゐる。それなら「老い」がたのしみか、と云へば、これもいただけない。

そこで生れるのは、現在の、瞬時の、刻々の死の観念だ。これこそ私にとつて真に生々しく、真にエロティックな唯一の観念かもしれない。その意味で、私は、生来、どうしても根治しが

たいところの、ロマンチックの病ひを病んでゐるのかもしれない。〉

「私の遍歴時代」（昭和三八年三月、全集三〇）

〈しかし私には、まだまだ青年に負けぬ体力があり（かう考へるのを、「年寄りの冷や水」といふのであらう）、四十二歳といふ年齢は、英雄たるにはまだ辛うじて間に合ふ年齢線だと考へてゐる。西郷隆盛は五十歳で英雄として死んだし、この間熊本へ行つて神風連を調べて感動したことは、一見青年の暴挙と見られがちなあの乱の指導者の一人で、壮烈な最後を遂げた加屋霽堅《かやはるかた》が、私と同年で死んだといふ発見であつた。私も今なら、英雄たる最終年齢に間に合ふのだ。〉

（「年頭の迷ひ」昭和四二年一月一日、全集三一）

〈古代ギリシア人の理想は、美しく生き、美しく死ぬことであつた。わが武士道の理想もそこにあつたにちがひない。ところが、現代日本の困難な状況は、美しく生きるのもむづかしければ、美しく死ぬことはもつとむづかしいといふところにある。武士的理想が途絶えた今では、金を目あてでない生き方をしてゐる人間はみなバカかトンチキになり、金が人生の至上価値になり、又、死に方も、無意味な交通事故死でなければ、もつとも往生際のわるい病気である癌で死ぬまで待つほかはない。……

さて、武士が人に尊敬されたのは、少くとも武士には、いさぎよい美しい死に方が可能だと考へられたからである。軍人に対する敬愛の念の底には、これがひそんでゐる。死を怖れず、死を美しいものとするのは、商人ではない。

自衛隊に一ヶ月半お世話になつた私の心底にはこの気持ちがあつた。万一の場合、自分をいさぎよくするには、武の道に学ぶほかはないと考へたからであつた。武の心持がなければ、人間は自分をいくらでも弱者と考へることができ、どんな卑怯未練な行動も自己弁護することができ、どんな要求にも身を屈することができる。その代り、最終的に身の安全は保証されよう。

ひとたび武を志した以上、自分の身の安全は保証されない。もはや、卑怯未練な行動は、自分に対してもゆるされず、一か八かといふときには、戦つて死ぬか、自刃するしかみちはないからである。しかし、そのとき、はじめて人間は美しく死ぬことができ、立派に人生を完成することができるのであるから、つくづく人間といふものは皮肉にできてゐる。

私は自衛官にはならなかつたけれども、一旦武の道に学んだからには、予備自衛官と等しく、一旦緩急あるときは国を護るために馳せ参じたいといふ気持になつてゐる。予備自衛官諸氏は、さういふ国民が私一人でないことを信じていただきたいと思ふ。全国民の気持が、予備自衛官の気持ちと一つになつたとき、はじめて日本は、国家としての美しい完成体になるのだと思はれる。〉

（「美しい死」昭和四二年八月、全集三三）

〈毎日死を心に当てることは、毎日生を心に当てることと、いはば同じことだといふことを「葉隠」は主張してゐる。われわれはけふ死ぬと思つて仕事をするときに、その仕事が急にいきいきとした光を放ち出すのを認めざるをえない。

われわれの生死の観点を、戦後二十年の太平のあとで、もう一度考へなおしてみる反省の機会を、「葉隠」は与へてくれるやうに思はれるのである。〉

（「葉隠入門」昭和四二年九月、全集三三）

〈かくて「文武両道」とは、散る花と散らぬ花とを兼ねることであり、人間性の最も相反する二つの欲求、およびその欲求の実現の二つの夢を、一身に兼ねることであつた。……

すなはち、「文武両道」にはあらゆる夢の救済が絶たれてをり、本来決して明かし合つてはならない一双の秘密が、お互ひに相手の正体を見破つてゐる。死の原理の最終的な破綻と、生の原理との最終的な破綻とを一身に擁して自若としてゐなければならぬ。

人はこのやうな理念を生きることができるだらうか？　しかし幸ひにして、「文武両道」はその絶対的な形態をとることがきはめて稀であり、よし実現されても、一瞬にして終るやうな理念なのである。何故なら、この相犯しあふ最終的な一対の秘密は、たとひ不安《ゾルゲ》の形でたえず意識され予感されても、死にいたるまで証明の機会を得ないからである。……

かつて向う岸にゐたと思はれた人々は、もはや私と同じ岸にゐるやうになつた。すでに謎はなく、謎は死だけにあつた。そしてこのやうな謎のない状態は決して認識の勝利ではなかつたから、私の認識の矜りはひどく傷つけられ、ふてくされた認識は再び欠伸をはじめ、あれほどまでに憎んでゐた想像力に、再び身を売ることをはじめるのであつた。そして永遠に想像力に属する唯一のものこそ、すなはち死であつた。……

男はなぜ、壮烈な死によつてだけ美と関はるのであらうか。日常性に於ては、男は決して美に関はらないやうに注意深く社会的な監視が行はれてをり、男の肉体美はただそれだけでは、無媒介の客体化と見做されて賤しまれ、いつも見られる存在である男の俳優といふ職業は、決して真の尊敬を獲得するにはいたらない。男性には次のやうな、美の厳密な法則が課せられてゐる。すなはち、男とは、ふだんは自己の客体化を絶対に容認しないものであつて、最高の行動を通してのみ客体化され得るが、それはおそらく死の瞬間であり、実際に見られなくても「見られる」擬制が許され、客体としての美が許されるのは、この瞬間だけなのである。特攻隊の美とはかくの如きものであり、それは精神的のみならず、男性一般から、超エロティックに美と認められる。

……

死と危機への想像力を磨くことが、剣を磨くことと同じ意味を持つことになる職務は、思へば、私をかねて遠くから呼んでゐたのに、私が非力と臆病から、ことさら避けてゐたにすぎなかつたのかもしれなかつた。日々死に心を充《あ》て、ありうべき死に向つて一瞬一瞬を収斂し、最悪の事態への想像力を栄光への想像力と同じ場所に置き、……それなら、私が久しく精神の世界で行つて来たことを、肉体の世界へ移せば足りた。……

私にとつて、時が回収可能だといふことは、直ちに、かつて遂げられなかつた美しい死が可能になつたといふことを意味してゐた。あまつさへ私はこの十年間に、力を学び、受苦を学び、戦ひを学び、克己を学び、それらすべてを喜びを以て受け入れる勇気を学んでゐた。

私は戦士としての能力を夢みはじめてゐたのである。

……

早春の朝まだき、集団の一人になつて、額には日の丸を染めなした鉢巻を締め、身も凍る半裸の姿で、駈けつづけてゐた私は、その同苦、その同じ懸声、その同じ歩調、その合唱を貫ぬゐて、自分の肌に次第ににじんで来る汗のやうに、同一性の確認に他ならぬあの「悲劇的なもの」が君臨してくるのをひしひしと感じた。それは凛烈な朝風の底からかすかに芽生えてくる肉の炎であり、さう云つてよければ、崇高さのかすかな萌芽だつた。「身を挺してゐる」といふ感覚は、筋肉を躍らせてゐた。われわれは等しく栄光と死を望んでゐた。望んでゐるのは私一人ではなかつた。

……私一人では筋肉と言葉へ還元されざるをえない或るものが、集団の力によつてつなぎ止められ、二度と戻つて来ることのできない彼方へ、私を連れ去つてくれることを夢みてゐた。それはおそらく私が、「他」を恃んだはじめであつた。しかも他者はすでに「われら」に属し、われらの各員は、この不測の力に身を委ねることによつて、「われら」に属してゐたのである。

かくて集団は、私には、何ものかへの橋、そこを渡れば戻る由もない一つの橋と思はれたのだつた。〉

（「太陽と鉄」昭和四三年一〇月、全集三二）

「すでに謎はなく、謎は死だけにあつた」という三島由紀夫は、死を見つめて生き、死への条件を整え、そして死を実践した。

（平成二九年一月二一日）

其の二十「士道論争」——石原慎太郎

三島由紀夫は石原文学を高く評価した。「石原慎太郎氏の諸作品」（昭和三五年七月、全集二九）でこう語っている。

1

石原氏はすべて知的なるものに対する侮蔑の時代をひらいた。日本ではこれは来るべくして、一度も来なかつた時代である。戦前の軍部独裁時代は、知的ならざる勢力が、知的なものを侮蔑した時代である。しかし石原氏のひらいた時代はこれとはちがつてゐる。それは知性の内乱ともいふべきもので、文学上の自殺行為だが、これは文学が蘇るために、一度は経なければならない内乱であつて、不幸にして日本の近代文学は、かうした内乱の経験を持たなかつた。日本の自然主義文学は、反理知主義といふよりは、肉欲の観念そのものが、輸入された知的観念であつて、自然主義文学は本質的に知的な点で、一種の啓蒙主義に類してゐた。

2

私はこの解説を書くために「太陽の季節」以下の諸篇を読み返したが、あれほどのスキャンダルを捲き起した作品にもかかはらず、「太陽の季節」が純潔な少年小説、古典的な恋愛小説としてしか読めないことにおどろいた。これはあたかもレイモン・ラディゲの「肉体の悪魔」が蒙つた運命に似てゐる。ただ石原氏は今にいたるまで「ドルヂェル伯の舞踏会」を書いてゐないだけである。もちろん氏は、「そんなものは書く気はない」と揚言するだらうが。

「太陽の季節」の性的無恥は、別の羞恥心にとつて代られ、その徹底したフランクネスは別の虚栄心にとつて代られ、その悪行は別の正義感にとつて代られ、一つの価値の破壊は別の価値の肯定に終つてゐる。この作品のさういふ逆説的性格が、ほとんど作者の宿命をまで暗示してゐる点に、「太陽の季節」の優れた特徴がある。

……

4

「太陽の季節」の主題は言ふまでもなく石原氏のもつとも大切な主題であり、その「愛」の不可能と「現実」との関はり合ひは、のちに発展して秀作「亀裂」を生むのであるが、皮肉にも、氏が正当な評価を得たのは、「処刑の部屋」に於てであつた。

……

5

私は一九五七年秋、送られて来た「新潮」誌上の「完全な遊戯」を、ニューヨークの旅舎で読んで感動した。しかし間もなく日本へかへつて、この作品に集中した文壇の悪評におどろいた。日本の批評はどうしてかうまで気まぐれなのであるか。「完全な遊戯」は、「太陽の季節」から「処刑の部屋」へと読んできた読者には、一つの透明な結晶の成就であつて、それ以外のものではない。

この作品の筆致は澄んでゐる。会話の才能が物語をいかにもいきいきと運んでゆくが、作品の性質は、モダン・バレエのやうなもので、抽象的な美しさに集中してゐる。ここには肩怒らした石原氏はゐず、さはやかな悪徳の進行に化身してゐる。一連の汚ならしい暴行と輪姦が、透明な流れのやうにすぎる。ここには自分の方法をちやんとした芸術の方法に高めた石原氏がゐるのである。……〉

事件六日前の古林尚との対談の中でも「あれは今でも新しい作品です」と「完全な遊戯」を評価している。

※

また三島は、石原と三度対談をしている。一度目の対談は『文学界』昭和三十一年四月号に「新人の季節」と題して、二度目は『風景』昭和三十九年一月号に「七年後の対話」と題して掲載された。三度目は「守るべきものの価値　われわれは何を選択するか」と題し、『月刊ペン』昭和四十四年十一月号に掲載された（全集補一）。のち対談集「尚武のこころ」として昭和四十五年九月に日本教文社より出版されるが、そのあとがきに、

「今回読み返してみて、非常に本質的な重要な対談だと思はれたのは、石原慎太郎氏との対談であつた。旧知の仲といふことにもよるが、相手の懐ろに飛び込みながら、匕首《あひくち》をひらめかせて、とことんまでお互ひの本質を露呈したこのやうな対談は、私の体験上もきはめて稀《まれ》である。」

と述べている。石原も産経新聞平成二十八年十二月十九日の「日本よ」欄で、当時を振り返り次のように書いている。

「敬愛していた今は亡き三島由紀夫氏とは何度か火花の散るような対談をしたことがある。しかし最後の、氏があの市ヶ谷台で割腹自決するわずか前に行った最後の対談は二人にとっても極めて重要かつ印象的なものだった。

対談の主題は『男は何のためになら死ねるか』なるもので、副題は『男の最高の美徳とは何か』と言うことだった。話を始める前に三島さんが「それを口にする前にお互いに入れ札しよう」と言いだし、ならばと二人して手元の紙に書き記して差し出して開いてみたら二人とも同じ『自己犠牲』だった。

それを見せ合って三島さんは莞爾《かんじ》として頷《うなず》きその後次の間で持参していた真剣を抜いて習いたての居合いを披瀝《ひれき》してくれたものだった。

その後間もなく彼が『楯の会』の仲間をかたらって自衛隊の根拠地市ヶ谷台に乱入し隊員たちに決起を促し割腹自決した所以《ゆえん》が、私と最後の対談で彼が披瀝した男にとっての最高の美徳『自己犠牲』といかに繋《つな》がるかは私には未《いま》だに不明のままだが。

しかし男女を問わずに人間にとっての最高の美徳とは己の生命やそれに近い代償を厭《いと》わずに払っての献身に他なるまい。それはこの現代においては稀有《けう》なる行為に他ならない。」

では、その対談ではどのようなことが話し合われたのであろうか。

石原は守るべきものは「自由」である、という。それに対し、

三島　自由を守るというのはあくまで二次的問題であって、これは人間の本質的問題ではない。自由を守る、ある政治体制を守るということは、人間にとって本質的問題でも何でもない。ぼくは、おまえ民主主義を守るために死ぬか、と言われたら、絶対に死ぬのはいやですよ。……じゃ何を守るために死ぬのか。バリューというものを追い詰めていけば、そのために死ねるものというのが、守るべき最終的な価値になるわけだ。それはこの自由の選択の中にないとぼくは思うんだね。……

石原　何のために死ねるかといえば、それは結局自分のためです。その自分の内に何をみるかということでしょ。……

三島　……最後に守るものは何だろうというと、三種の神器《じんぎ》しかなくなっちゃうんだ。

石原　三種の神器って何ですか。

三島　宮中三殿だよ。

石原　またそんなことを言う。

……

石原　そりゃア、もちろんそうです。ぼくはぼくしかいないんだもの。やはりぼくは守るものはぼくしかないと思う。

三島　身を守るということは卑しい思想だよ。

石原　守るのじゃない。示すのだ。かけがえない自分を時のすべてに対立させて。

三島　絶対、自己放棄に達しない思想というのは卑しい思想だ。

石原　身を守るということが?……。ぼくは違うと思う。

三島　そういうの、ぼくは非常にきらいなんだ。

石原　自分の存在ほど高貴なものはないじゃないですか。かけがえのない価値だって自分しかない。

三島　そんなことはない。

石原　風土も伝統もけっこうだけど、それを受け継ぐ者がいる。それがなけりゃ、そんなものあったって仕方ない。ぼくがとても好きなマルロオの言葉に「死などない、おれだけが死んでいく」、ぼくの存在がなくなったときになにものもが終焉していい。自分の書いてきたものもその時点でなくたっていい。結局、自分が示して守るものというのは、自分の全存在つまり時間的な存在、精神的な存在、空間的な存在、生理的な存在、それしかない。それを守るということは、それを発揚するということです。

三島　だけど君、人間が実際、決死の行動をするには、自分が一番大事にしているものを投げ捨てるということでなきゃ、決死の行動はできないよ。君の行動原理からは決して行動は出てこないよ。

石原　そんなことはない。守るというのは「在らしめる」ということ。そのためには自ら死ぬ場合だってある。

三島　それじゃ現実に……。

石原　献身、奉仕だってある。自分に対する献身もあるでしょう。

三島　それは自己矛盾じゃアないか。自分に対する奉仕のために自己放棄するなんてばかなやつは世の中で聞いたことがない。

……

三島　それで天皇制の本質というものが誤られてしまった。だから石原さんみたいな、つまり非常に無垢《むく》ではあるけれども、天皇制反対論者をつくっちゃった。

石原　ぼくは反対じゃない。幻滅したの。

三島　幻滅論者というのは、つまり、パーソナルにしちゃったから幻滅したんですよ。

石原　でもぼくは天皇を最後に守るべきものと思ってないんでね。

三島　思ってなきゃしようがない。いまに目がさめるだろう。（笑い）

石原　いやいや。やはり真剣対飛び道具になるんじゃないかしら。（笑い）しかしぼくは少なくとも和室のなかだったら、ぼくは鉄扇で、三島さんの居合いを防ぐ自信を持ったな。

三島　やりましょう、和室でね。でも、君とおれと二人死んだら、さぞ世間はせいせいするだろう。（笑い）喜ぶ人が一ぱいいる。早く死んじゃったほうがいい。

石原　考えただけでも死ねないな。

この対談が行われた九月から十月は、三島は楯の会一周年記念パレード（十一月三日）の準備と初代学生長持丸博と後継の森田必勝の交代に追われていた時期である。

※

この後十二月一日、三島は村上一郎との対談で次のように語った。(「尚武のこころと憤怒の抒情」と題し、昭和四十五年一月一日号の日本読書新聞に掲載された。)

三島　三種の神器とぼくがいうのはそれですけれども、あなたもそれ、お書きになっている。この間、石原慎太郎に笑われちゃった。小田実(編者註・作家、政治運動家、進歩的文化人。べ平連―ベトナムに平和を市民連合――の代表であった。)と二人で、私をあざ笑っていましたよ。三種の神器だって、三島にも困ったものだ――石原が笑ったら、小田実が共感の笑いをもって……。(笑い)

村上　その点自民党も社会党も近いわけですな。

三島　いや、石原と小田実って、全然同じ人間だよ、全く一人の人格の表裏ですな。

と、石原と小田実を重ね合わせをしたのである。石原が文壇にデビューして以来高く評価し交流を続けて来た三島は、袂を分かったかのようである。

また、この対談が遠因になったのか、翌年の六月に石原と、いわゆる「士道論争」が起こる。

論争の発端は、「諸君!」昭和四十五年七月号(六月二日発売)に載った京都大学助教授高坂正堯と二年前に参議院議員になった自民党所属の石原慎太郎の対談である。「自民党ははたして政党なのか」というタイトルであった。これに三島が反応、「毎日新聞」（六月十一日夕刊）に「士道についてーー石原慎太郎氏への公開状」と題して次のように述べた。（全集三四）

〈永年貴兄と愉快な交際をしてきた小生が、事もあらうに、新聞紙上に公開状を発表しようといふのは決して愉快なことではありません。私信ですませるべきだといふ考へもありませう。しかし私には事柄が全く公的な性質のものだと思はれ、参議院議員としての身分を持たれる貴兄に物を申すには、この形式をとるほかになかつたことを、まづ御諒解ねがひたいと思ひます。

私はごく最近、「諸君！」七月号で、貴兄と高坂正堯氏の対談「自民党ははたして政党なのか」を読みました。そして、はたと、これは士道にもとるのではないかといふ印象が私を搏《う》ちました。

私は何も自民党の一員ではありませんし、この政党には根本的疑問を抱いてゐます。しかし社会党だらうと、民社党だらうと、士道といふ点では同じだといふのが私の考へです。

……

私の言ひたいのは、内部批判といふことをする精神の姿勢の問題なのです。この点では磯田光一氏のいふやうに、少々スターリニスト的側面を持つ私は、小うるさいことを言ひます。党派に属するといふことは、（それがどんなに堕落した党派であらうと）、わが身に一つのケヂメをつけ、自分の自由の一部をはつきり放棄することだと私は考へます。

私は貴兄のみでなく、世間全般に漂ふ風潮、内部批判といふことをあたかも手柄のやうにのびやかにやる風潮に怒つてゐるのです。貴兄の言葉にも苦渋がなさすぎます。男子の言として は軽すぎます。……〉

……

これに対し、石原は毎日新聞六月十六日夕刊に「政治と美について　三島由紀夫氏への返答」と題して反論した。以下は、事件当日市ケ谷会館でNHKの伊達記者と共に三島からの私信を受け取った毎日の記者徳岡孝夫の著書『五衰の人』（平成八年十一月、文藝春秋）からの引用である。

〈「率直にいって、三島氏の公開状を読んで辟易しました」という書き出しだった。

……

正直いって、あなたの美意識が政治に向かって説く武士道に私は当惑します。

こう反論したあとで、石原氏は返答の末尾で、ちょっと皮肉な一矢を放っている。

私は決して芸術的政治をしようなどと心がけませんし、政治的文学をものにしようなどとも思いません。

三島さんも、その陥し穴の罠に気をつけて下さい。そうでないと、あなたのプライベイトアーミイ「楯の会」も、美にもならず、政治にもならぬただの政治的ファルス（編者註・笑劇）のマヌカン（編者註・マネキン——宣伝人形）にしかなりかねませんから。」〉

この記事を読んだ三島と交流のあった徳岡は「サンデー毎日」でこの後を追った。六月二十八日、三島邸を訪問してインタビューを行い、七月十二日号の「サンデー毎日」に記事を掲載した。以下、「五衰の人」からの引用を続ける。

〈「士道」を現代に再登場させた人——「石原慎太郎氏への公開状」（六月十一日、毎日新聞）を書いた作家・三島由紀夫氏。

東京・大田区の自邸前庭で日光浴をする三島由紀夫氏と士道問答を試みた。

——石原氏に向かって「自民党に入ったら党を批判するな」というあなたの論法。これをおし進めると、抵抗を否定することになる。従属というか、非常に暗いものを要求する、抵抗を抑えるのではないか、と思うのだが……。

三島由紀夫氏　抵抗は死に身になれ。抵抗はやれ。ただし遊び半分にやるな、ということだ。たとえば抵抗は楽しいものであるというべ平連などの考えですね。あれが一番きらいなんです。

べ平連式の〝抵抗〟は、大衆にアピールする。抵抗とは楽しい、抵抗とは手をつないでフランス・デモをやることだ、フォーク・ダンスをやることだ、これが非常にいやなんです。抵抗はナマやさしいもんじゃない。血みどろで、死に身にならなきゃできないのが本当である。内部批判をする連中が、手柄顔で歩いている。石原君のことじゃなく、世間一般ですよ。共産党を内部批判すると英雄になる。公明党の内部批判をすると英雄になる。自分の属しているものの内部批判した男が英雄視される。こんな間違ったことはない。抵抗をもう少し暗いものにしなきゃいかん。（原文改行）

……

ぼくは、魂の問題ということで「士道」という言葉を使った。内面的なモラルといってもいい。内面的なモラルというものは、自分が決めて自分が（自分を）しばるものだ。それがなければ、精神なんてグニャグニャになっちゃう。今日では、自分で自分をしばるといったストイックな精神的態度を、だれも要求しなくなった。ストイックなのは損だと、だれもが考えている。

——石原さんは、自民党内の老人支配に不満でならなかった。それをマスコミという日常的な手段を使って発表した。ごく自然じゃないですか。

三島氏　それが一番安易な形だというんです。マスコミは、とりなれた武器ですね。とりなれた武器をつかわないのがイキなんだがなあ。ダンディーかどうかの問題だと思うんです。つまりとりなれた武器を使うのはわれわれがいつもやっていることで、オレはこれを使わないんだというのがイキなんだ。男の意地みたいなものをみせてほしいんだ。現代では男の本当のダンディズムが衰え、ストイシズムもなくなった。……やりたいことがあっても、がまんしている。そして最後に爆発するんだ。それもムダに。

――「士道」というもの、そもそもアナクロニズムではないのか。みんなが「士道」を実践していないのに、一人だけサムライになっても効果がないんじゃないか。

三島氏　ぼくは「士道」を、みんなに向かって鼓舞するつもりはない。ストイックなものだから、一人がそうであればいい。あるいは十人がなるかもしれないが、この巨大な社会の歯車の中で、一人がストイックになれば、それはしだいに波及して順々に歯車が動いていくんじゃないか。そういう気違いみたいなヤツがいないと、日本、おもしろくないと思いますね。

アナクロ？　そうかもしれない。……精神的態度として。士道ていうのはダンディズムですよ。男の〝身伊達〟というか、そういうものですね。精神的な伊達ものですね。

――「士道」の復活は、現代において可能ですか。

三島氏　ぼくはそういうふうに問題を考えていない。「士道」という言葉をいうのは、その言葉が、まるで一滴のしずくのようにその人の心にしたたったら、自分で考えてごらんなさい、というだけなんです。「士道」というものは、マスコミを通じて広まるような性質のものではない。われわれの心の中を探ってみると、心のなかに持っている自己規律に照らして、どこかやましいものがあるはずだ。やましいものがあれば、士道に反しているのだと考えるべきだ。それが日本人だと思うんです。なぜやましさを感じるか。それは士道にもとってるからなんです。士道ってそんなものではないか。一言でいえば、「士道」とは男の道ですよ。

ここでインタビューは終わっている。これを語った人が亡くなってから二十六年が経ったいま、これを読み返し、私はまるで死者にインタビューしているような錯覚に襲われる。

それは、これを語ったときの三島さんの姿や声音、語り口の抑揚を歳月を隔ててなおいくらか覚えているからだけではない。三島さんの答えが、私の最も聞きたい（そして聞くすべもなくなった）質問に、ことごとく答えているからである。

三島さん、なぜあんな死に方をしたんですか？

「抵抗は生易しいものではない。血みどろで死に身にならなきゃ駄目なものなんですよ」。

主張があるなら、あのような行動より、文学で表現すべきじゃないですか。

「それは安易な道です。使い慣れた武器を使わないところが粋なのだ。それが男のダンディズムです」。

なぜ切腹を？

「日本の文化と伝統に根を持つ死に方だからです」。

アナクロニズムじゃないですか。あなた一人が死んで、日本が変わると考えたのですか？

「ぼくはそういうふうに問題を考えない。効果の有る無しは問題にならない。他人に同じ行動を勧めようなどという意志も毛頭ない。人間内面のモラルは昔も今も不変だし、魂の問題だから時代と共に変わりようがない。ぼくは、やりたいことがあっても我慢してきた。そして最後に爆発した。それも無駄に、汚名を着せられてね」。

しかし昭和元禄の真っ只中で起きたあなたの行動は、マスコミから徹底的に叩かれましたよ。

「マスコミを通じて自分の考えを広めようなんて、最初から考えていません。ぼくの死から一滴の水がしたたったら、その水を心に受けて考えてごらんということです」……。

二十六年後、古い記事のコピーに虫眼鏡を当て、視力障害のため不自由になった目をこすりつけて一字一字読みながら、私はそこに溌剌と語る死者の肉声を聞いた。生きている本人と話したとき、なぜこれに気付かなかったのかと臍《ほぞ》をかむ思いがした。〉

と、徳岡は述懐する。

この「士道論争」が行われた昭和四十五年の六、七月という時期は、蹶起メンバーも古賀を除き決って、いよいよ「少数者による蹶起」の具体的な行動の検討に入った時期である。六月三十日には公正証書による遺言状を作成した。そういうさなかの出来事であった。

石原慎太郎は三島の死から二十年後の平成三年三月に、「三島由紀夫の日蝕」（新潮社）を表した。石原のファンであった（今でもそうであるが）編者は、直後に買い求め一読したが二度と読む気にはなれなかった。このたびあらためて頁をめくってみたがすぐに閉じた。そこには「葉隠入門」に推薦文を書いた石原の姿を見ることはできない。

（平成二九年二月四日）

其の二十一「尚武のこころ」——村上一郎

三島由紀夫は、事件六日前の十一月十九日付で村上一郎（作家・歌人、文芸評論家）に書簡を送っている。氏に対しさりげなく別れを告げたのである。

村上はその書簡について、著書「志気と感傷」（昭和四六年八月、国文社）の中で「末期の瞳——三島由紀夫の屍に寄す（昭和四十五年十一月二十七日〇〇三〇投筆）」と題して次のように書いている。

「……この手紙の前半はたいそうユーモラスな挿話を書いているのだが、或る出版社の或る編集長たちと新入社員を傷つけたくないので省略し、終りの方をひきうつしておかう。

〈……近ごろの読書は、プラトンの「パイドン」と「久坂玄瑞遺文集」、へんな取合せなれど今さらながら久坂玄瑞の詩才に感心

けふもまたしれぬあだなる命もて千とせをてらす月をみるかな

君がため何か惜しまむ武士のありなし雲に我をみなせば

この二首特に感銘あり、さすが文の玄瑞、武の高杉と云はれた通りと思ひましたが、それにつけても河上徹太郎氏の「吉田松陰」に玄瑞を一ファナティックとして二、三行で片付けていることは、憤慨に耐えませぬ、では又いづれ、

匆々〉

「この手紙の前半はたいそうユーモラスな挿話」とあるが、それについて三島は、「最後の言葉」（全集補一）で次のように語っている。

三島　……ところで最近おもしろい話があつたんですが、古林さん、中央公論社の粕谷一希さんてご存じですか。

古林　いや、知りません。

三島　もと編集長やつてゐたんです。その人がうちに遊びにきたので、ここに坐ると同時にぼくが「粕谷さん、村上一郎の『北一輝論』読んだ？」と言つたら、彼は「いやー、その話やめて下さい」つて哀願するんですよ。「なぜ？　あんないい本はないから読みなさい」つてすす

めたんですが、「それだけはゴメン」と言ふんです。よく聞いてみたら、彼はこんど中央公論社に入社した三派の激しいやつをあづけられたんだって。つまり教育係なんだ。そいつをおとなしくさせようと思つて苦労してゐるんだけど、そいつは毎日毎日演説ばかりブッて、うるさくてしやうがない。そして、すすめる本が一冊しかない。それが村上一郎の「北一輝論」なんです。彼は顔を合はせるたびに、「粕谷さん、これ読まなきゃならない。ぜひ読みなさい」と強要されるんで、言はれれば言はれるほど読みたくなくなつてゐるんだつて。それで、やつとぼくの家にのがれてきたのに、いきなり村上一郎が出てきた。これでは前門のトラ後門のオホカミだと……。(笑)

村上との交流はいつ頃から始まったのであろうか。村上は前掲『志気と感傷』に「三島由紀夫の風貌に現実に出会ったのは、昨四十四年十二月一日のことであった。……出会いは、日本読書新聞の昭和四十五年一月一日号のための対談を機とし、駿河台のヒルトップ・ホテルの一室で行われた」とあり、このころからであろうと推測される。一年足らずの短い交流であった。この対談は、「尚武の心と憤怒の抒情　文化・ネーション・革命」と題して、昭和四十五年一月一日付日本読書新聞に掲載された。その後、三島由紀夫対談集「尚武のこころ」に所収、昭和四十五年九月日本教文社より出版された。五・一五と二・二六、言葉に対する責任、国家、美しい生き方等について意見を交わしている。その中で三島は、〈「十一月に死ぬぞ」といったら絶対死ななければいけない。〉（傍点編者）と予告めいた発言をしている。この時点で「十一月に死ぬ」というスケジュールがすでにできていたのであろうか。

村上は、昭和四十五年二月に「北一輝論」（三一書房）を上梓するが、三島はこの本をはじめ村上の書を絶賛する。「小説とは何か」（全集三三）のおそらく最終稿であろう新潮社の「波」の昭和四十五年十一月号に、次のように書いている。

〈――それにしても私の読書は何と偏頗であらう。ジュリアン・グラックの小説を読んで数日後、私は村上一郎氏の短篇小説集「武蔵野断章」を読み、巻末に収められた「廣瀬海軍中佐」といふ一篇に心を搏たれた。

この短篇集を読んだのは、あの魂ををののかせるやうな「北一輝論」の著者が（傍点編者）、どういふ小説を書くのだらう、といふ純然たる好奇心からであつたが、ここでも私が触れたのはミナミ象アザラシからは無限に遠い小説であつた。もう言つてもよからうが、ミナミ象アザラシから無限に遠い、といふことは、バルザックから無限に遠い、といふのと、ほとんど同じことを意味する。

かう言つては失礼だが、村上一郎氏の小説技巧は、ちかごろの芥川賞候補作品などの達者な技巧と比べると、拙劣を極めたものである。しかしこれほどの拙劣さは、現代に於て何事かを意味してをり、人は少くともまごころがなければ、これほど下手に小説を書くことはできない。下手であることが一種の馥郁たる香りを放つやうな小説に、実は私は久しぶりに出会つたのであつた。そこにこめられた感情が、表現のもどかしさに身悶えし、紺絣の着物と小倉の袴の素朴さを丸出しにし、すべての技巧を安つぽく見せ、自他に対する怒りがインクの飛沫をあちこちへ散らし、本当は命がけでなくては言へないことを、小説と抒情詩をごつちやにした形で言はうとしてゐる、その奇矯なわがままが美しいといふほかない小説。……

しかしこの短篇ほど、美しく死ぬことの幸福と、世間平凡の生きる幸福との対比を、二者択一のやりきれぬ残酷さで鮮明に呈示してゐる作品は少ない。地上最美の文字ともいふべき祭文の強い暗示力、そこに盛られた圧倒的な「死の幸福」の観念は、いつもこの地上の幸福にのしかかつてやまず、村上氏は、最も劇的な対立概念を、おそれげもなく、赤裸のままで投げ出して、氏のいはゆる「小説」に仕立てたのであつた。〉と最大級の賛辞を贈った。

「最後の言葉」の中で、引き続き次のように語っている。

古林　さう言へば、村上一郎も三島由紀夫に似てゐるところがありますね。
三島　ぼくは好きなんだなァ彼。ぼくはこのあひだ、村上一郎の「廣瀬海軍中佐」といふ小説を読んで感激した。彼はほんたうに何か持つてゐる。ぼくは、あいつは男だと思ふ。ほんたうに、さう思ふなあ。
古林　村上一郎を好きだといふのは、彼の浪漫主義者の一面に……。
三島　でせうね。それと、あなたのおつしやる破滅的一面ですよ。とにかく逃げ場がない。退却を知らないんですね、彼も、ぼくも。
と語っている（編者は村上一郎のファンで著書はほとんど持っているが、残念ながら「廣瀬海軍中佐」は未読である）。

村上の著書「浪漫者の魂魄」（昭和四十四年十一月、冬樹社）に次のような記述がある。
「わたしは両先輩ともども、第二、第三の左内先生、松陰先生となり、魂魄とこしなえに七生護民せん。もしそれ、囹圄の身となるなら、わたしは元治甲子の変にとらわれ明治元年ゆるされて出牢した水府支藩の志士贈従四位三浦平義質が曾孫である（傍点編者）。祖父は幕末の士族乞食、父はホーリネス派狂信の徒として六十何歳でもっそうめしを食った。四代の血脈、牢屋をこわがり、まずいめしを嫌う家風の者でない。

ただし、士は死なしむべし、恥かしむるべからず。「権道」に虜囚のはずかしめを受けるを自らに許すや否や、それは知らない。刑場、牢獄、自刃を恐れて筆がとれるものか。渺《びょう》然たる一身、万里の長城（雲井竜雄）。」

水府支藩とは水戸三連枝の一家である守山藩のことである。村上の母方の曽祖父三浦は天狗党の一人で、元治甲子の変で責めを負い自刃した三島の曾祖母の兄松平頼徳（水戸三連枝宍戸侯。第二篇「水戸の血」）の麾下に、弟ら守山藩士を参加させ幕軍と戦ったのである（村上著「振りさけ見れば」、昭和五〇年一〇月、而立書房）。しかも当時の守山藩主は頼徳の弟頼平である。三島、村上はこのつながりを知っていたのであろうか。ともに難き道文武両道（不岐）をモットーとし、吉田松陰を超えんと人生を駆け抜けた二人の慟哭が聞こえてくるようである。

わかくさの妻らを送り家を出て冬浅《あさ》き日に死にゆきにけり
念五昼、めしは食ひしか食はしめしか幕僚に問ふりんりんと問ふ
霜月の蒼穹《そら》晴れゐたり悲しくて三島・森田と我ら呼ぶなり
すずしげに居合《ゐあひ》を語るひとなりき　婦《つま》在りと聞く　子在りとも聞く

北天《ほくてん》に悲しき声し召《め》すもののありやと見えつこの日果《は》てゆく
あさひかげとよさかのぼる尾根《をね》の辺《へ》を奔《はし》れる影かわれは追ひゆく
ひのもとの国あげ瞋《いか》れ志すずしきひとをふたり殺しき

村上一郎歌集「撃攘（抄）」（一九七一年六月、思潮社）より

村上一郎は、三島自決から四年四ヶ月後の昭和五十年三月三十日、日本刀で右頸動脈を切って死んだ。享年五十四歳であった。

（平成二九年三月）

あとがき

　私が事務局をつとめるしきしま会は平成十六年一月一日に発足した。茨城県内を中心に現在会員はちょうど一〇〇名、楯の会とほぼ同じ人数である。会員は、医師、弁護士、大学教授、学校・病院・福祉施設・会社経営者など多士済々であり、異業種交流会の側面をもつ。平均年齢は五十代後半。年二回の講演会や研修旅行、能楽鑑賞、ゴルフコンペを行うなど活動は活発である。原則政治活動はやらず、会員に政治家はいない。会長は手塚克彦氏、内科医師である。三十歳で県会議員、四十代で副議長、議長をつとめ、五十代で後進に道を譲り政界を勇退、現在石岡市内や近隣の病院で診療業務に携わるなど幅広い分野で活躍している。

　設立時から事務局長を務めたのが手塚会長の高校（水戸一高）の同級生で盟友である持丸博氏。三島先生の片腕として楯の会の設立から深くかかわった。事情により持丸氏は事件一年前に楯の会を去ったが、三島由紀夫と持丸博の出会いがなかったら楯の会はなく、したがって「楯の会事件」はなかったことは確実である。それほど持丸氏の存在は大きかった。事件ののち、持丸氏は結婚、四人の子供をもうけたが事業に失敗、体調もこわし家族と離れ失意の日々を過ごしていた時に、手塚会長との再会があり、日本の現状を憂いていた二人は日本の歴史・文化・伝統を学び後輩、子孫たちに伝えてゆこうとしきしま会を設立したのである。会員も徐々に増え、会の運営も軌道に乗りつつあった平成二十四年六月持丸氏は病に倒れ、翌二十五年十月に不帰の人となった。そして氏の後輩である私が後をついで事務局をつとめることとなったのである。

なお、持丸は旧姓で本名は松浦博といった。夫人松浦芳子氏は現職の杉並区議会議員として活躍中である。母親の秘書で政治家志望の長男威明氏は、しきしま会とも交流がある。

その前年には、やはり持丸氏の後輩で楯の会の一期生として活動した経歴を持つしきしま会副会長の新堀喜久氏が突然病に倒れ他界した。私は二人の後輩で、持丸氏の呼びかけにより森田必勝氏らとともに楯の会の一期生として「富士の原野を馳駆し」、三島由紀夫をして「終戦後つひに知らなかつた男の涙を知つた」（檄文）といわしめた同じ釜の飯を食った仲であった。二人とも住まいは土浦市内、車で数分から十数分のところでその存在は私の大きな支えとなっていたのである。同じ一期生の伊藤好雄氏もしきしま会の会員に名を連ね、持丸氏の近くに居を構え、往き来してしばしば酒を酌み交わした。その二人が相次いで幽明境を異にしたのである。これには私は大きなダメージを受けた。

そして、わたしに残されている時間はもうあとわずかしかないのかもしれないと痛感したのである。

しかし考えてみれば六十代も半ばに達しており、別に不思議ではなかったのであるが。

そこでその残されたわずかかもしれない時間を何に使おうか、また何ができるかと思案したときに、そうだ、先生の全集を読んでみようという考えが思い浮かんだのである。私の本棚には、昭和四十八年から五十一年にかけて新潮社より出版された限定版（一千部）三島由紀夫全集全三十六巻が長いことほこりをかぶって眠っていたのである。それはやはり楯の会の一期生であった阿部勉氏より出版直後に譲り受けたものである。

※

阿部さんは懐かしい人である。独特の風貌と特異なキャラクターで多くのファンがいた。なで肩の彼は和服姿がよく似合った。若かりし頃のその姿はユーチューブで見ることができる。夜な夜な新宿界隈に出没し「新宿文化人」とよばれた。私も連れ立ってよく飲み歩いた。ゴールデン街入り口の「香舎」、ゴールデン街の「ローレンス」、「唯尼庵」等々。立花隆氏（本名橘隆志、橘孝三郎の従兄弟の子息）がまだ世に出る前に経営していたスナック「ガルガンチア」にも行った。氏の独特のヘアスタイルをよく記憶している。髪の毛はまだ黒々としていた。阿部さんは、私の故郷である水戸へもしばしば足を運び、愛郷塾で橘先生の薫陶を受け、橘孝三郎研究会の機関誌「土とまごころ」の編集・出版を行った。同誌は昭和五十五年八月十五日発行の第七号まで続いた。本文でもふれたがこの号は「楯の会事件十周年記念号」として倉持清氏（現姓本多）への三島先生の遺書を初めて公開した。橘先生は阿部氏を「阿部、阿部」とかわいがり、時々小遣いだとふところから千円札を何枚か出して渡したりしていた。また阿部氏の長男が生まれたとき、半紙に「孝人《たかんど》」と書いて命名した。のちに、橘先生の隣に住む孫の塙真さん（橘先生の高弟で娘婿である塙三郎氏の長男、楯の会五期生塙徹治の兄）が、あの名前は実は俺の息子がもらうはずだった、ともらしたものである。三島先生も一目おき、事件一年前に設けられた憲法研究会の班長を任された。

平成十年秋に肺と膵臓のがんを宣告され、生前葬を行い治療を受けながら平然と飲み歩いた。酒を抜きにしては阿部さんの人生は語れない。酒を飲みながら伏し目がちに訥々と語る姿が目に浮かんでくる。翌十一年の八月、私が熱烈な中日ドラゴンズのファンであることを知っている氏から「東京ドームの切符が二枚とれたから出てこないか」と誘いを受けたにもかかわらず、忙しさにかまけて断ってしまった。翌九月阿部さんのファンである私の友人と見舞いの約束をし、下落合の駅からアパートへ電話すると、「今日は体調が悪い、次にしよう、すぐよくなるから、また連絡するよ」との返事が返ってきた。それが言葉を交わした最後となった。氏はその後まもなく病院に入り家族とごく限られた人以外は誰にも会わず、十月十一日五十三歳でこの世を去った。生涯浪人を通した氏の通夜・告別式には一千人もの人が別れを惜しんだ。告別式当日は強い雨が降りしきっていた。

〈辞世〉
われ死なば火にはくぶるな栄川《えいせん》の
　二級に浸して土に埋づめよ

三島先生と森田さんは多くの人にそれとなく別れを告げたが気付いた人は誰もいなかった。阿部さんはがんであると公言しているにもかかわらず、誰にもがんで死ぬとは思わせなかった。私はそんなに早く死ぬとは思わなかったのである。二度目の不覚である。東日本大震災のあった平成二十三年十月、阿部さんの眠る故郷秋田県角館で十三回忌の法要が行われた。水戸や東京から多くの友人たちが集い阿部さんを偲んだ。司会は同じ一期生で秋田市出身の伊藤邦典氏（しきしま会会員）がつとめた。私は四度目の墓参となった。五度目は叶うであろうか、願わくば枝垂桜の咲くころに……。

百万の桜の下に酔ひ臥して
　恥濃きわれををののき嗤ふ
盃に浮かぶ花弁の十重二十重《とへはたへ》
　わがあやまちの数に似てをり
数知れぬ過失は酒とともにあり

その酒抱きてけふも堕ちなん
漆黒の闇の淵なる神楽舞
その笛の音は虚無の使者かは
迷ひ子は哀しからずやけふもまた
巷にいでて春に遊ばん

阿部さんの生涯と人となりは「最後の浪人　阿部勉伝　酒抱きてけふも堕ちなん」（山平重樹著、平成十六年三月、ジェイズ・恵文社）に詳しい。上掲和歌も同書による。なおあとの五首はがんが見つかる少し前に詠んだものという。

※

さて全集である。全三十六巻すべて箱から抜き出し、箱はつぶして捨て、表紙にこびりついたセロファンをはがし途中で放棄断念はできぬぞと覚悟を決め（決して大げさではないのである）、平成二十六年八月から読み始めた。一巻から十九巻は小説であり「豊饒の海」からさかのぼって読んだ。読み始めたらこれが面白いのである。三十代から二十代へ、そして十代へ進むにしたがって、これはとんでもない、何ということだ、と思いながらひたすら読んだ。古林尚との対談「最後の言葉」の中で言っている言葉を思い出した。〈私の自己形成は、ませてゐたからでせうが、十五、六のときに

すんぢやつた。すくなくとも十九までに完了したと思ひます。〉

小説の次は戯曲、二十巻から二十四巻。私は小説なぞ殆ど読んだことがない。まして戯曲なんぞ全く読んだことがない。初めての経験である。そしてただ、ただ息を飲むように読んだのである。圧巻とはきっとこういうことを言うのであろう。松浦竹夫だったか「戯曲を書かしたら今世界で三島の右に出るものはない」とどこかに書いていた。

先生は戯曲についてこう述べている。

〈しかし戯曲では会話が出てくることに対して一切の説明がないので、読者はいちいち想像で補って読まなければなりません。現在でも戯曲の単行本は最も売れない種類の本の一つであります。しかしいつたん戯曲を読むことに親しんだら、その面白さは小説以上でありますので、私は戯曲の文章についてくはしく説明して、読者諸氏に戯曲の文章を読むことに親しみをもつていただきたいと思ふのであります〉（「文章読本」（口述筆記）昭和三十四年六月、全集二八）。また、昭和四十三年五月から始まり四十五年十一月まで続いた「小説とは何か」（全集三三）では戯曲について次のように書いている。

〈これに反して、戯曲のクライマックスの場面では、私は何ら描写の義務に迫られないですむ。戯曲では序幕がもつとも難物であるが、大詰か大詰に近い部分で、いよいよプロタゴニスト（編者註・

主役）とアンタゴニスト（編者註・敵対者）の対決がはじまると、いつも経験することだが、私の筆はほとんど心霊科学の自動書記のやうになつて、思考が筆に追ひつかぬほど、筆が疾駆する。それといふのも、待ちに待たれたさういふ頂点に来ると、相対する二人の登場人物は、私の内部で全く相対立する二ヶの人格となつて動き出し、その「言葉の決闘」のすさまじさを、私の筆はただ息せき切つて追ひかける他はないからである。〉このようにして「サド侯爵夫人」（昭和四〇年一一月、全集三二）、「わが友ヒットラー」（昭和四三年一〇月、全集二三）、「癩王のテラス」（昭和四四年四月、全集二四）などの名作が出来たのである。

次は二十五巻から三十六巻まで随筆、評論等。「葉隠入門」、「文化防衛論」、「若きサムライのために」等単行本は読んだけれど、全集を読むということはまた違うということを感じながら、平成二十七年三月三十日ついに読了した。七ヶ月を要した。何という幅の広さと奥の深さであろうか。そして何よりも一番感じたのは、とにかく論旨一貫していて決してぶれがないのである。読後感が爽やかなのである。こんなことを言うと、何をいまさら、と先生の愛読者、研究家の方々そして仲間たちから顰蹙をかうことであろうが、事実そう感じたのであるからしかたがない。その後、年内は手元のいわゆる「三島本」を読み漁った。そこには今までとは全然違う視界が開けていた。

※

そして、翌平成二十八年一月から二度目の読破を試みた。前回と同じ七ヶ月を要して七月末、遅かった梅雨明けとともに読了した。二度目も同じ感動を味わうことができた。私は徐々にこの感動と先生の思想と行動を他の人に伝えたいと思うようになってきたのである。従来とは違った形でつまり先生の言葉をテーマごとに編成することによって、あまり知られていないあるいは埋もれている三島由紀夫の人間像を描き出せないだろうかと不遜にも考え出したのである。先生から本多氏への遺書の中の「蹶起した者の思想をよく理解し、後世に伝へてくれる者は、実に楯の会の諸君しかゐないのです」という言葉を思い出し背中を押され、まずはしきしま会の一〇〇名の仲間に読んでもらうことを念頭に、二度目の読了直後から編纂を開始した。最初の二篇を、永年県の読書推進運動協議会の会長を務めるなど読書家でもある手塚会長に見てもらったところ、同意を得て数度にわたり会員に配布することとなった。会長をはじめ会員の励ましを受けて、目標とした命日の一月前の十月末に一応の完了を見たのである。

復数の会員から本にならないかとの話を聞き、それならばと、知人の展転社社長の藤本隆之氏に相談したところ、氏より承諾の返事を頂き、当初は夢にも思わなかった出版ということになった次第である。

多面的重層的な先生の思想と行動はあまりに奥深く、人間像を描くことにはほど遠い結果になってしまった。平成二十七年一月二十四日にＮＨＫ・Ｅテレで「知の巨人たち・昭和の虚無を駆け抜ける～三島由紀夫」（九〇分）が放送されたが、担当のディレクター氏が、「三島由紀夫を描くにはあと五、六本は必要だ」と語っていたように簡単なことではない。しかし私自身は、著書からあらためて多くのことを教えて頂き、また多くの新たな発見をすることができたのである。不十分なところは（その方が圧倒的に多いけれど）今後の課題としてチャレンジしていきたいと思っている。

以上長々と経緯を書き述べたが、この書によって結果として自分の人生のいわば総括ともいうべき面も併せ持ったのである。橘孝三郎先生だけでなく、三島由紀夫という不世出の天才、超人間（後註）にめぐり合い、三年近くの間親しく薫陶を受けることが出来たのは僥倖としか言いようがない。残された人生があとどの位かは神のみぞ知るであるが、先生の言葉と村上一郎の追悼文の中の残された会員に対するメッセージ「楯の会の人たちよ、わたしはまことにまことに汝らに告ぐ――三島・森田の両士の屍をのりこえて、ただひたすらに学問をせよ」（「現代の眼」昭和四六年一月号）という言葉を拳拳服膺するとともに、本書が、先生と森田さんの思想と行動を後世に伝える一助となれば幸いと思うものである。

橘先生は英語、ドイツ語、フランス語をはじめギリシャ語、ラテン語を解した。サンスクリット語にも取り組んでおり、晩年本に埋もれた書斎で辞書を片手に、「年をとるとな、すぐ忘れてしまうんだよ」と話されていた姿を思い出す。

先生は、師を求めて求めて、「ミレーの晩鐘」と「木喰上人《もくじきしょうにん》」にたどりつき、旧制一高哲学科を中退、帰農する。そして愛郷塾を経営するさなか昭和の動乱に巻き込まれ、五・一五事件に参加して無期懲役の判決を受けた。出所後、天皇論五部作と英文天皇論（未刊）を書き上げて昭和四十九年三月、八十一才の生涯を終えた。

（後註・「かりに私が男であつたと仮定して、三島氏が生きて死んだのと同じやうに生きて死ぬことが私にできたであらうか、と考へてみることはほとんど意味をなさない。答は仮定とは無関係に否であつて、私は三島氏のやうな人間、あるひは超人間ではないのである。……いづれにしても凡人を超へる大きさをもつた人間があらはれて凡人にはできぬことをして死んだとき、それが天才であつたことを認めると同時に自分たちがどの程度の人間であるかを悟ることが、凡人に望みうる唯一の美徳である。そして情ないことではあるが、ともかく生き残り、長く生きることで夭折した天才を凌ぐことが凡人に許された唯一の特権でもある。……三島由紀夫といふひとりの天才がゐて、常人を超える生活をして、そのひとつにすぎなかつた文学の仕事に関してはもうなすべきことがなくなつたと感じたとき、私たちはこの天才の壮烈な死を黙つて見てゐるほかなくて、またそれが弱くて凡庸な人間の側の最高の礼節といふものである。」

（「英雄の死」倉橋由美子、新潮・昭和四六年二月・三島由紀夫追悼特集号――）

編者はその後、社会へ出て組織に属し、「汪洋たる人生の波を抜手を切つて進」んでは来たが、自らの「覚悟」を問う日が今も続いている。何十年ぶりかに再会したこの追悼文によっていささか荷が軽くなったように感じるのである。

※

本書の出版に対し、三島先生御子息威一郎氏からは快くご承諾をいただきました。厚く御礼を申し上げます。

手塚克彦会長としきしま会の会員の皆様の物心両面からの励ましとご支援がなかったら本書はとてもできなかったことである。又、展転社の藤本社長でなかったら引受けてくれなかったであろうことも確かである。文筆には全く素人の私を導き何とか形にしてくれた藤本氏には感謝あるのみである。遺書の掲載をこころよく承諾してくれた本多清氏、貴重な資料の提供と何度も励ましの言葉をいただいた犬塚潔氏には御礼を申し上げます。氏の永年にわたる三島先生及び楯の会と元会員に対する真摯な姿には頭が下がるものがあります。又、三島森田事務所代表勝又武校氏、生々文献の堀田典郷氏（両名とも元楯の会会員である）はじめ出版に携われたすべての方々に感謝を申し上げます。

終りに本書を三島由紀夫先生、森田必勝さん、橘孝三郎先生、綿引正三さん、塙三郎さん、阿部勉さん、新堀喜久さん、持丸博さん、綿引公久君、塙徹治君及び両親と義父の御霊前に、そして、妻と二人の息子に捧げて本稿を閉じます。

（了）

（平成二九年三月）

私たちの主張

しきしま会の結成十三周年を迎えた本年は、昭和二十年、大東亜戦争終結から実に七十二年を閲したことになります。二百五十万余の同胞を失い、焦土と化した日本は、僅か十九年後の昭和三十九年には東京オリンピックを成功させ、その後世界第二の経済大国となった日本の底力は全世界を瞠目させたものでした。

しかしながら連合国は、自らの所業は棚に上げ、事後法である「東京裁判」により、光栄ある日本の歴史・文化・伝統を徹底的に否定、断罪し、占領軍ＧＨＱは、僅か一週間余で起草した条文を「日本国憲法」として押しつけ、わが日本を骨抜きにしたのであります。前文には「平和を愛する諸国民の公正と信義に信頼し、われわれの安全と生存を保持しようと決意した……」とありますが、その「諸国民」により奪われた北方領土、竹島は返還されず、拉致された同胞は帰らず、尖閣はじめ日本の領海、領空への侵略は日常と化し、国際テロ現実の問題となりました。あまつさえ、核兵器保有国に囲まれている現在の日本の繁栄は砂上の楼閣といっても過言ではありません。また彼らは「歴史認識」をめぐり、わが国を貶めるべく世界中に激しくかつ執拗な情報戦を展開して止むことがありません。私たちはまず正確な「事実認識」から出発して歴史を認識し、「歴史戦」を戦い抜かなければなりません。

日本国憲法がもたらす偽善と欺瞞の悪弊は教育において顕著であります。若人たちに夢と希望を与えなければなりません。私たちには、永い眠りから醒め、憲法を改め、戦後の軛《くびき》から脱却し、日本の名誉と尊厳を回復し、誇りある日本の歴史・文化・伝統を後世に伝えていく責務があります。

一方、昨年来英国のEUからの離脱、トランプ大統領の発言などから見られるように、「グローバリズムの終焉」が現実となりつつあり、世界の潮流に大きな変化が生じて来ました。私たち日本人は、今こそ拠って立つ基盤を見直す時期に来ているのではないでしょうか。

また、このたびの「譲位」問題にからみ、「女系天皇」の実現を図るべく一部の勢力がうごめいています。それらの動きは皇統護持ではなく、天皇制廃止の政治イデオロギー運動であることは明白であります。万世一系（男系男子）は日本の歴史・文化・伝統の核心であります。そして、それをご一身に体現される天皇と皇統をお護りしていかなければなりません。万世一系、悠久の日本の歴史を紡ぎ続けるためにも皇室典範を改正し、皇室の充実を図り、お世継ぎの憂いを解消することが急務であると考えます。

私たちしきしま会は、少数ながらこれらの諸問題を自らの問題としてとらえ、私たちもまた、護るべき歴史・文化・伝統を体現し、担う者であるとの自覚を持ち、日々努力研鑽するとともに会員相互間の交流を図り、親睦を深めることによって社会の発展に寄与しようとするものであります。

平成二十九年二月五日

【著者略歴】
篠原　裕（しのはら　ゆたか）
昭和22年、水戸市生まれ。水戸一高から早稲田大学法学部に進む。在学中に橘孝三郎、三島由紀夫に出会い師事。卒業後、水戸徳川家職を経て㈱カスミ。関連会社数社の役員を経て平成22年から㈱ゆう・プラニング代表取締役。同24年からしきしま会事務局長を務める。かすみがうら市在住。

三島由紀夫かく語りき

平成二十九年四月二十九日　第一刷発行
平成二十九年七月二十六日　第二刷発行

著　者　篠原　裕
発行人　藤本　隆之
発　行　展　転　社

〒157-0061 東京都世田谷区北烏山4-20-10
TEL　〇三（五三一四）九四七〇
FAX　〇三（五三一四）九四八〇
振替　〇〇一四〇─六─七九九九二
組版　生々文献／印刷 製本　中央精版

ISBN978-4-88656-435-1